后浪

陈思安 著

冒牌人生

四川文艺出版社

目　录

变·形·记

你的眼神从左至右，
从上至下地扫射着我，
让我浑身开始战栗起来。
我止不住地抖动也牵引着你身体的其他部位，
跟着我一起跳起了恐惧的桑巴。

我已经陪伴了你整整二十七年，你却从来没有爱过我一天。没有一天。哪怕一分一秒都没有过。我知道这样说是太夸张，更像是气话，但我现在似乎是有资格说点什么气话了吧。在你过去的整整二十七年人生中，我很想认为我对于你而言就像阑尾一样无关紧要，然而实际情况却更加糟糕：我是你闪烁着光芒的羞耻，是你时时能够感觉到的负赘，是你低头可见的卑微。我倒是很想像阑尾一样，安静而深密地藏匿在你的身体内部，绝不兴风作怪也不轻易以疼痛制造任何存在感，这样即使对你来说可有可无，你却也不会无缘无故地想要一刀割掉跟它的联系吧。

我知道此刻再说什么气话都没有意义。你已经下定了决心，要跟我一刀两断。这件事你想了有多久？不能说想了一辈子吧，应该至少也有快二十年了。自打你知道这事儿不再是天方夜谭，而是能够成为现实以后，就想得更频繁更认真了。现在，你此生最大的愿望就快要实现了，就像你的很多其他小愿望一样——它们最终都实现了。你有才能、有决心、有狠劲儿，也有毅力，想得到的就能做到。我为你高兴。即便你此生最大的愿望就是要抛弃我，我也为你高兴。我干吗不高兴呢？我犯不上。这事儿对我们双方来说都是一种解脱不是吗。

　　现在有点难以回忆起了，我们之间到底有过还算温情的时刻吗。我能够清晰记起来的只有那么一次。

　　你十三岁那年，全家人第一次周末一起去郊区的温泉山庄泡温泉。那个山庄的卖点是挖在群山间的露天温泉，白天时你始终别别扭扭地不肯下水，即便那冷僻的整个山庄里只住了你们一家人。爸爸又是劝又是拽地折腾了你大半天，你还是不肯跟他们一起进入泉水。夜半时，所有家人都睡下了，你却自己偷偷跑到露天温泉里。群星挂在冒着汩汩热气的温泉水面上，山中鸣虫的噪响让水面阵阵共振簸荡着，山庄已全无灯光，却被银灿灿的水面照亮着所有角落。烘热的温泉水滋灌着你全身的毛孔，你感觉自己的身体悬浮飘荡在凝固着的高温空气中。

所有这一切都让你感觉到了从未有过的放松。似乎这些夹杂着硫黄气的液体一点点地冲散开了你内心中的堡垒。说起来那样坚硬的堡垒本就不该搭建在如此年轻的身体内。有时候我会把一切都怪在自己身上。也许本就是因为我，错误的我，多余的我，那些堡垒才会存在。

随着鸣虫和空气的鼓荡，你的两只手撩拨着水面，而后，毫无预兆地，抚摸向了我。我没有任何心理准备，被你因这星空虫鸣月光温泉所激起的猛然降临的温情而震慑得僵硬。你自然是感受到了这种僵硬，你的手却没有立刻挪开，而是再次、再三、再四、再五，轻轻揉搓抚动着我。甚至有那么一刻，我隐约感觉到你的手似乎轻柔地捏了我一下。尽管那动作非常轻，轻得就像是敷衍，可仍然，在我看来那似乎是一刻抑止不住的真情流露。

这突如其来的温柔让我渐渐放下戒备，彻底放松起来。有那么一瞬，我甚至感觉，那紧绷在我们之间多年随时剑拔弩张的敌对状态将随着这一刻的温情而彻底解除。我们都将迎来新的生活，拥抱更加完整的彼此。

就在我这个想法产生了的三秒钟后，你猛然意识到了什么（到底是什么呢？），腾地一下从水中站了起来，全身的肌肉重新绷紧僵硬了起来，就连皮肤都跟着一起不停皱缩着。你仓皇失措地抓起了脱在水池边的衣服，连穿都顾不上穿就潜奔回了自己的房间。

没有任何人看到星光下裸身泡温泉的你。只有你，看到了你自己。

那之后很久很久——久到我都不记得具体年头——你都没有再碰过我。说没有碰过实在是太客气的说法了，更诚实地来讲，应该说是自那次不留神/不经意/违反你根本意志的片刻温情流露以后，你反而更加厌恶我了。

你瞧，这就是我们之间有过的唯一还算温情的时刻。很难说哪个更让人感到绝望：是你从来没有爱过我，还是那些星火般短暂的怜惜反倒不断加重你对我的厌弃。

一步一步地，我们就走到这里了。

真是讽刺，说得好像我有什么选择余地似的。医生正在往你身上围一块围裙似的医用罩布，罩布完全搭在你身上以后，我才发现这块罩布上面为什么会破开两个洞：它结实地遮住了你身体的其他部分，唯独那两个破开的洞，把我整个露在了外面。再明白不过的昭示了，唯独我，是不受欢迎的亟待抛离的部分。即便已经被这种恐惧折磨了多年，但如此袒露在除了你我之外的他人面前，还是令我被寒气满满地充盈着。

你躺在手术床上，紧闭双唇，一言不发。你惨白的嘴唇，色调近乎于这块罩在你身上的破开两个洞的医用罩布。你的心脏强劲地撞击着我，一下接着一下。她也想对我说些什么吗。她不断升速地跃动，飞快地将血泵入身体各处，我却丝毫感受不到它们流向了我的证据。

我马上就要永远失去你了。永远。这次是真的。我有一万个理由自怨自艾，满腹怒火，气话冲顶。可就在这样一个时刻，我却心疼起了你来。我倔强又脆弱的你。我忧郁又开朗的你。我隐忍又无可阻挡的你。没有比我更了解你全部隐秘心事的你。这心疼让我愿意为你去死。我也只能为你去死。但这将换来你离开我之后全新的活。

我愿意。

到底是从什么时候开始，我终于确认你就是不喜欢我呢？说出一个非常明确的事件或时间点是很困难的事情。这并不完全是因为我不想面对"自己是不受欢迎的"这个现实，而是就连你自己在内，也是在漫长而困惑的精神熬煮中才逐渐明确一些事情。你很不同，即使在孩童时期，你也不愿对事情和自己的喜好做出迅速判断及决定。你要琢磨，你要观察，你要绷紧着嘴唇皱缩着眉头跟所有内在的外来的意识进行对抗。这些习惯让你的面部纹路比同龄人看起来总是要深簇得多。

在整整八岁之前你都没有意识到我的存在。我同你身体上其他所有部位几乎同等地位，被嫩白柔韧的皮肤所覆盖。当然，你早已意识到长在大人们身上同样位置的部分跟我很不相同。她们突出身体，圆润饱满，柔软得像是棉花糖。闻起来也像。尝起来也像。对于长在别人身上的她们来说，你不仅不厌烦，甚至还一度可称得上是迷恋。即使到了该上小学的年龄，你还是放学一回家就喜欢扑进妈妈的怀里，一边讲着一天的学校见闻，一边抓着妈妈的乳房似乎企图挤出点什么液体来。

那个时候我还没有意识到，你并不是不喜欢乳房这样东西，你只是不喜欢长在你身上的我。

对于身体的直觉，或者说，对于身体的耻感，有时就是那样不讲道理不由分说地骤然间产生。六岁时的某一天，正用洗发液揉搓着你头发的爸爸被你猛地一把推开。你小小的词语库中尚无法找到恰当的字句来形容你的感受，但就是那么一瞬间，你产生了某种恐惧。不是恐惧父亲，而是恐惧自己。薰衣草香味的洗发液顺着额头流进了眼睛里，被你沾到了洗发液的小手一揉，眼睛刺辣得更厉害了。你坐在浴缸里揉着揉着眼睛就哭了起来，却仍旧固执地拒绝再由爸爸来给你洗澡。我说不清，这能不能算是我们之间漫长对抗的火种。我想你会拒绝承认。我甚至怀疑你自己都已经不太记得这件事了。毕竟，相比起未来的斗争，这些直觉的萌生，不过像是懵懂含糊的寓言。

灾难性的九岁降临。短短几个月之间，我借由着你身体内不断滋长的激素和充沛的发育能量从一块只比胸骨凸起一丁点的皮肤鼓胀成了梅子大小，随后是杏子，到了十岁前的两个月，竟变成了油桃。你一直持续到现在二十七岁都改不掉的习惯性含胸驼背就从那个时候开始了。比起六七岁时你像是雨后的狗尾巴草一样猛蹿起来的个头，是我的迅猛膨胀才让你真的意识到了自己身体的变化。

同班的女生们大部分也在同时间和你产生了类似的变化。与你不同，她们身体这个部位的变化似乎正是她们期待已久的，你看到她们纷纷都开始戴上了早已准备好的小号胸罩，每天都把胸挺得高高的。而我，每鼓起一丁点，你就把背驼进去更深一寸。妈妈很快便发现你不仅拒绝穿上她买给你的胸罩，而且背驼得越来越厉害，于是买来了背部矫正带强迫你穿上，逼你纠正体态。

大概就是这个时候吧，我知道了你不喜欢我。一切都再明白不过。就是我想哄骗自己也无法成功。一段来自那个时期的回忆时常像癫痫发作般袭击着我。一天你在洗完澡后，一边对着镜子擦干头发一边打量着镜子中的自己。自从我在你身体内吹了气一般地鼓胀起来后，你很少会认真照镜子了，尤其是洗完澡后。但是那天，你望着镜子里的自己越看越失了神。头发上没擦干的水珠，顺着发丝向你的身体上滚着。已经凉掉的水珠从肩膀滚到我这里，让我周围的皮肤都像刺猬炸毛一样竖起来无数细小的鸡皮疙瘩。让我起鸡皮疙瘩的不是凉掉的水珠，是你的眼神。你的眼神跟着那些水珠，一次次滚落在我身上。那眼神直接把水珠冰镇成了冰粒。

有些可怕的事情无可挽回地发生了。我在你的眼神中只能看到这个。幼嫩的你，茫然的你，身体内正发生着暴乱的你，生平第一次久久打量着我，用你冰镇了的镭射光一样的眼神。

"你为什么要这样对我。"

即使到现在，我还是无法确定，自己是不是真的听清楚了那时你说出口的这句话。我为什么要这样对你。我也想知道啊。我控制不了自己在某些激素的驱使下每日每夜都在进行微小扩张的趋势。这些微小的变化自打我确定我是你的负担后，就成了不再休止的战争，时刻在我体内缠斗。

你的眼神从左至右，从上至下地扫射着我，让我浑身开始战栗起来。我止不住地抖动也牵引着你身体的其他部位，跟着我一起跳起了恐惧的桑巴。

你忽然伸起了右手，向着上方高高抬起，随后快速落下，只是落下的位置，是击打在我的身上。我一下子蒙住了。一下，紧接着又是一下，随后又是一下。那击打并不夹带太多情绪，更像是技术性举动：你似乎觉得通过这样的击打，可以将我隆起的部分敲击回体内，或者至少能够扼制住我继续蹿长的势头。疼痛迅速让位于屈辱。如果我能够哭泣，我想那该是个号啕大哭的好机会。右手累了以后，你又抬起了左手，开始击打另外一边。同样不带什么情绪，而是一种策略。九岁的你，认为将行之有效的策略。

类似的事情你并没有做过第二次。那天你穿上衣服之前，最后一次冷冷地盯着我，我浑身灼烧着滚烫的火红色，皮肤下面的毛细血管因持续拍击而破裂渗血，我感觉自己浸泡在一片耻辱的血海之中。你冷静地穿好上衣。衣物的摩擦让我疼得透不过气来。

那之后很长时间，每当你洗澡的时候我都恐惧得近乎窒息。生活变成了一场无法摆脱的漫长对峙，紧张感渗透在不经意的一分一秒之间。然而类似的事情你并没有做过第二次。于是我开始怀疑，那天你的举动，并非我想象的那样是一种策略，而是单纯的惩罚。对我的惩罚。

就从那时起，你与我之间绵延到此刻的斗争彻底拉开了序幕。我知道你会觉得是我打响了第一枪：我未经你本人的同意不可思议地野蛮生长。但对我而言，那天发生在浴室里的事情才是割裂你我的决定性时刻。

我对你进行的回击，方式简单而粗暴。我所持有的唯一武器，就是你对我日益增长的厌恶。因此回击的最佳方式，就是报复性地生长，以及伴随着这样生长而来的持续胀痛。我渐渐发现，如果疼痛来自令你羞耻的部位，就会愈发强烈地加重痛感的烈度：即便疼得再厉害，你也不敢伸手去揉摸，也羞于启齿对任何人说。

可是在我看来，你对我的报复永远更加残忍，更加无法忍受。你的武器是无视、是鄙夷、是羞辱、是麻木冷漠，是通过语言和举动传达出的时刻敌意。

一度，我们就在这样静默地彼此折磨中忍受着对方，甚至，憎恨着对方。

瞧瞧这个我吧。你身体上对称生长的器官之一。不上不下，不左不右，不高不低，不大不小。真皮、细胞、神经、脂肪。我跟你身体的其他器官到底有什么区别，为什么就要被区别地对待?

有的时候我也会冷静下来仔细思考，究竟一切为什么就成了这样。比如此刻：我罕见地被充分暴露在空气和他人的注视之中，刺眼的无影灯烤射着我，医生冰冷的橡胶手套滑过我的皮肤，一支医用马克笔在我皮肤下方的边缘处画出两道记号线。我企图把握住存留在这个世界上属于我的最后一些信息和感受。

这样的时刻，应该算是适合冷静下来思考的一种好时机，否则还能做些什么呢? 就好像我有什么选择余地似的。

那么，究竟一切为什么就成了这样呢? 有时候我觉得我所知道的并不比你更多。在你被困惑牢牢纠缠住的日子里，大大小小图书馆的书架间、网络世界各种边缘的纵深处、社交媒体混乱纷繁的弹窗里，我始终陪伴着你一起挖掘你在寻找的金矿。你是如此与众不同，自少年开始便抓住了人生中本质性的求问：自己到底是个什么样的人，又是因何成为这样的人。

这些书籍和信息一再重复着看似没有意义的工程：

一层层堆建起你身体内的堡垒，再一次次地推倒重建。通过吸收所有这一切，最终只导向同一个疑问。如果你拥有一副不该属于你你也不想要的身体形态，你该怎么办。让人略感欣慰的是，你不是唯一拥有这个疑问的人，远远不是。在你之前的千百年中，这个疑问已经出现了各种花样繁多的解决方案：装作什么都不知道，装作自己跟其他人一样，穿上让自己感到舒服的那一类身体形态的衣服来达到心理满足，通过各种化装和掩饰来装作是另外一种性别，深陷痛苦之中离群索居，自我了结，以及，彻底改变身体形态。

所有因知识和信息叠加而来的，不只有解答，更有疑问。你得到了一些答案，也同时得到了更多的困惑。它们告诉你，这一切与外部世界息息相关，时代变迁、成长背景、童年记忆、基因突变、社会风俗。可是你的内部世界呢？所有的外部因素，万事万物的关联，这些看似相关的东西就能解释你庞杂错落的内在宇宙吗？

另外的一些时候，我觉得我知道的其实比你自己更多。谁让我是你近乎完美的生活中，唯一的破绽。作为破绽总是会格外敏感。你的父母关系和睦，家境良好，对你疼爱有加，而你聪明伶俐，身体健康，敏而好学，始终成绩优异。偶尔你在困顿到太难受时，会恶狠狠地想如果你自幼成长在一个破碎的家庭中该有多好。如果你就像某些心理学案例中写到的那样，生在单亲的贫困之家，极度匮乏父爱或母爱，那样你会感到更轻松释然吧。至少那样让一切都有了确凿的理由。

从你十三岁到十九岁的整整七年时间里，我被你紧紧封死在暗无天日密不透风的严密包裹中。那是你在一篇网帖中学会的法子，立刻就用在了我身上。最开始你使用的是长条状的白色棉布。手工课是你极少数并不擅长的课程，但你想压制住我的念头是如此强烈，让你能够投入相当可观的时间去偷偷研制这种长条状裹布。在剪坏了好多块布匹后，你终于剪出来一条能够绕着你的胸围裹满五圈还能系上扣的这种裹布。在你迫不及待地给我裹上它之前，我并没完全搞明白这个小花招具体是怎么操作的，又会对我产生什么样的影响。

可怕的青春期。

随着月经的到来，我在你身体里的存在感越来越强烈。先是痒，然后疼，随后又是痒。但你根本不想碰我。

如果说原本我的存在对于你来说更多是心理上的折磨，此时则彻底变成了生理上的煎熬。这是我控制不了的变化。这不在我的计划之中。这变化给我带来的是超过我承受能力的压制。

七年的时间里，你每天早上起来第一件事，就是从枕头下面掏出裹布，一圈又一圈地把它缠绕在我身上。每缠绕一圈，你都会尝试再次收紧一些，似乎在试探是不是能够比前一天更紧绷一些。当它完全缠绕好以后，你系好系扣，穿上衣服，站到镜子前面打量这具被你重新"改造"过的身体。你对效果非常满意。镜子里你的胸前一马平川，看不到任何起伏，你的身体呈现出少年才具有的分辨不出性别的完美稚嫩曲线。

你试过各种颜色各种材质：白色、粉色、黑色、绿色、橙色、灰色、紫色，棉布、纱布、绸子、无纺布、松紧带。当青春期里的其他女孩们津津乐道于挑选各种颜色和材质的裙子袜子鞋子指甲油时，最吸引你兴趣的却是自己动手制作各式各样的裹布。

在这种压迫性的包围中，我基本上无法呼吸。黑暗、闷热、潮湿没日没夜地裹随着我，汗水成了我最亲密的伙伴，只有它与我每时做伴。皮肤、肌肉、脂肪和腺体全部挤压在一起，皱缩成一团，我越来越无法分辨它们之间的界限。疼痛和压迫感早就不是最重要的，缓慢的绝望感日复一日覆盖占领着我。哪怕是当黑夜完全占据了房间后，你在睡前才放松下来解开裹布的时间里，我也不再能够感受到什么了。只有麻木——如果麻木也算得上是一种感受的话。

我就这样寄生在你的身体中。是的，这七年里，我不过是一对寄生虫。你是我的寄主，我们相互吸食着彼此的精血和内在，不寄托一丝感情。

这是一种指向自我的酷刑，也是一种无比坚定的身体规训。在这样长时间的酷刑和规训下，我终于变得如你所愿，服服帖帖。我归顺地停止了生长（即便我仍能经常感到在激素的催促下自己仍有继续生长的动力），归顺地不再以疼痛瘙痒或肿胀宣告自己的存在感，也归顺地服帖着束缚向下向内沉降，靠近我永远做不到但你希望的那个结果。我渐渐意识到，原来如果一个人想要改变自己的决心足够强烈的话，就连体内的激素和能量都会跟随着进行归服。

彻底地归顺并放弃抵抗倒是给我带来安宁。什么都不再想了。就这样作为一个你厌恶着却又始终摆脱不掉的累赘，受着无尽惩罚苟且地存活下去吧。在漫长的时间里，我安宁地这样想着，在全然的黑暗和燠热中可有可无地陪伴着你。陪伴你进入中学，迎来月经，积累知识和见识，爱上第一个男孩，不再爱了，爱上第一个女孩，不再爱了，进入大学，离开父母和故乡，爱上另一个女孩……

说到进入大学后你爱过的那个女孩，让我想起了这七年暗无天日的生活里，由她开启过的那一道缝隙。这道缝隙令你我不知所措，却也在一段时间内一直照亮着我。是从接吻开始的。跟你们之前的很多次接吻一样，柔软又温和，直到不再和以往一样。你们两个都越来越激动。宿舍里没有人。她解开了你的衬衫，你没有反抗。又掀开了你的内衣，你的身体向后缩了一下，但没有停下来。她的手摸到了紧紧裹住我的裹胸，解开了扣子，把缠绕着我的束缚一圈圈地松开。她的手，抚摸到了我。十八年来破天荒的第一次，我被除了你以外的人，真正地，第一次，触碰到。然而我却没有任何反应。唤醒这被厌恶，被绑束，麻木的，冰镇一般的我，需要的不只是温柔的抚摸。抚摸逐渐变得有力，流淌在她手指间的温存仿佛一道接着一道的电击。

你却在这电击即将真正唤醒我的那一刻，将她一把推开。让我想起了六岁时你不由分说地推开爸爸的那个瞬间。她有些慌张地向你道歉，你没有说什么，只是低下头把扣子重新扣上。你没有说出口，她也始终不知道，可我明白。就从那一刻起，你对她的爱里面掺入了沙砾。这沙砾垫在你心底，时不时地硌你一下。直到最终你们关系消亡，那沙砾都未曾磨平。

我偶尔会回味起那个午后。回想得不是很频繁。只是偶尔。如果想得太多，我怕自己会承受不了那重量。

十九岁里不经然的一天，如同你毫无理由就决定给我穿上裹胸来生活一样，你毫无理由地解开了它，决定自此不要再使用这可怕的东西了。直到你把自己的全部裹胸都扔进了垃圾箱里，我都还是无法相信这是真的。久违的自由的风穿拂过你的衬衫，撩动着我，让我浑身发痒。很想打个喷嚏。

我呆呆地想，这跟你爱过的某个女孩或是男孩有关吗。在此之前发生在你生命里的所有爱情，我都很难过于当真，你的某些身体反应（其实是没有反应）总是让我感觉，所有一切不过又是你自我实验的一部分，而不是爱情。你想知道，你想体验，你想通过那些去搞清楚，你身体内的动乱是否可以通过爱一个人（不管 TA 具有什么样的身体形态）来彻底解决。实验的结果似乎是让人失望的。无论针对于谁的爱，都与你本质上是谁，要成为一个什么样的人，并无关联。

如果那个时候我像后来一样明白，从那时起你所做的每一个决定，包括将那些裹胸彻底丢弃，都跟我们此刻躺在手术床上紧密相联，我还会感到轻松释然吗？又或者，我会更加轻松释然吗？

麻醉医师再次对你进行讲解，当你进入全麻以后是什么样的状态，让你不要紧张，保持正常的呼吸就好，一切都可以放心交给他。主刀医生进行最后的准备，在我们身体侧面的台子上摆弄着冰冷的刀械，清脆的碰撞声干冷得似乎随时会碎裂。你默不作声，以且只以点头回应来自每个人的询问或宽慰。

你我最后的和解，即是永别。

说到和解。这个词在你十九岁以后的日记本里提到的频率大大提高了。前面十几年跟这个世界时刻处于紧绷状态非常直观地改变了你的身体。你的肢体语言总是僵硬而紧巴巴的，举手投足间都传递着"我无法放松下来"的气息，人们只是单纯地站在你身边就会被紧张感包围起来。

大多数人一生都在寻求的就是与自我的和解吧。这远比同其他任何人的和解都要更有难度。因为很多时候你并不知道自己是怎么了，到底想要什么，怎样才能达成和解，又如何积攒勇气去最终实现。

将我从那个闷湿阴暗挤迫的围困中释放出来，是你尝试同我和解的第一步。我早已彻底停止了生长，外形也在之前七年的绑缚中变得扁平而下垂。那时你还住在大学宿舍里，没法在寝室或洗漱间通过镜子仔细观察我，但在洗澡的时候，你经常低下头来凝视我。那些凝视是一种交谈。大部分的这种交谈属于日常生活范畴内，平淡无奇。这些平淡无奇，细浪蚀沙般地开始松解着一些顽固的东西。

你不仅放弃了密实的裹胸，也同时放弃了一切再把我围在什么东西里的打算因此而不穿胸罩，我每天活蹦乱跳毫无遮拦地扑腾在你的胸前。你渐渐不再总是含着胸，而是努力挺直身体。你甚至跑到美容馆里去花钱尝试了一次美胸 SPA。说实话那次我们俩都不是非常享受。尽管中间有一段时间我确实放松了下来，被香薰油浸润着揉抚令我有种仿佛快要化成水一般的飘飘欲仙感，但相比起那短短几分钟的飘浮感，其余将近一个小时的时间则是尴尬到顶点的无力尝试。

我知道有些东西发生了变化。早在你决定释放我之前。这致命的变化注定将彻底改变你我。所有矫枉过正的恩宠都只是一种预先补偿。或者说，最后的温存。这是你的一个小习惯 / 毛病。每次你决定要跟恋人彻底分手之前，都不会再有任何争吵。恰恰相反，你会主动尽量营造一些温馨的回忆，一些令人每每回忆起来都会发出会心微笑的甜蜜时刻。我是那样了解你，甚过于你自己。但不知为何，我却无论怎样都为自己悲伤不起来。

你从八岁开始就喜欢写些东西。自己编的小故事，心情的片段，谁也不知道是想说些什么的错乱诗行。你写出来的那些小故事，在我看来始终都是关于同一个主题：可爱美丽的小女孩在森林里摘草莓，误食了一颗紫色的草莓之后中毒倒下，却在醒来后变成了一个可爱美丽的小男孩；生活着各种各样小动物的动物王国中，所有动物的孩子们都是从树上长出来的，等到承载着它们的花苞长成熟了，就会从树上绽开让小动物们从天而降掉进父母怀里；快乐幸福的另一个星球上，所有的人和动物都可以随时选择自己想要的形态，他们的身体内有一个神奇按钮，只需要一按，就可以按照他们的想法，变成男人或者女人，变成猴子或者蚂蚁，变成大树或者小草……

有时我觉得，写下这些故事时的你，比紧闭着嘴唇愁思苦想的你，更加知道你到底想要什么。又或许，不管是哪个你，都早已知道答案，唯一难住你的，只在于你尚未明确该如何实现。因此当你终于明确了之后，你我之间持久的对抗瞬间就像崩断了的弓弦，余下的唯有漫长的告别。长达八年的，漫长的告别。

麻醉医师将麻醉面罩覆盖住你的口鼻，把拉绳绷在你的脑后。你攥紧了双拳。麻醉剂顺着面罩轻缓地涌进你的鼻腔里，你下意识地屏住了呼吸，并没有吸入。几粒鸡皮疙瘩猛地蹿起在我的皮肤上。难道你是想放弃了吗？

你终于后悔了，不想离开我了吗？这时候反悔还能来得及吗？你松开了双拳，放松鼻腔附近的肌肉，试探性地、缓慢地，吸进了麻醉剂。一口，然后又是一口，然后又是一口。

我可真是可笑啊。即使长达八年的漫长告别，还是会在最后一刻产生绝望的幻想吗？这些幻想，早就该在过去的八年里全部磨灭了才对啊。磨到渣都不剩才对啊。毕竟，我可是始终陪着你啊。陪着你搜集各类医学资料，陪着你查访各个医院，陪着你面对同家人拉锯战一般的谈判与妥协，陪着你为了这个既定目标而拼命工作攒钱，陪着你接受恋人朋友们全部的支持不理解和周而复返，陪着你一次次在泪水中动摇又一次次在泪水中下定决心。我是如此心甘情愿地爱着你，这爱，并不可笑吧。绝不可笑。

你已经在麻醉剂的作用下越来越放松下来，肌肉接近瘫软。根据我们查询到的资料，我应该会在五分钟之内完全失去知觉。现在这项手术的技术已经非常完备，只需要两三个小时的时间你就可以重获一副新的身体，你渴望已久的，你应得的身体。

而我呢。我可能躺在医院后院里堆成山的医学垃圾废品中，跟从某堆渴望青春再现的中年女人肚皮里抽出的脂肪和某个刚从未成年妈妈未谙世事的子宫里以死胎的形式突兀来到这个世界上的婴儿躺在一起，哀叹自己短暂的一生。也可能直接被护士端在盆子里冲进下水道，随着这座城市各种废弃的液体一道流进某条阴渠中七转八转后再一起流入某间污水处理厂。我们都是人们不要的东西，相互挤挨在一起谁也不必嫌弃谁。

哦，不。我不想想这些，我不想说这些。成为你身体的一部分二十七年，即便你再不情愿，我也实实在在地是你的一部分，与你共享着同样的情绪和好恶。在这终于降临的真正永别的时刻，我只想用这最后的五分钟重温你我之间全部的温情。

你还记得吗。那晚群星挂在冒着汩汩热气的温泉水面上，山中鸣虫的噪响让水面阵阵共振簸荡着，山庄已全无灯光，却被银灿灿的水面照亮着所有的角落。烘热的温泉水滋灌着你全身的毛孔，你感觉自己的身体悬浮飘荡在凝固着的高温空气中。你轻抚着我。一次又一次。

我开始相信，这就是最好的安排。你遇到了生为一个人可能遇到最大的困难之一。你没有被它压倒。你重新获得了你自己。完整的，你自己。

别了，我的你。

2016.8 初稿

2017.1 改定

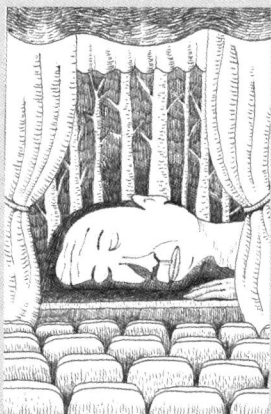

终　局

就尽管来同情好了，
这无药可救的病。
他把胳膊支起来，
好让塑料袋子远离开自己的大腿，
省得总被拍来拍去的。
好像那袋子里装着的不是胶片，
而是他货真价实的大脑。

起初，大多数观众还像是在已经过去的三个半小时里一样，尽量以面无表情和呆坐不动来掩饰内心的不安。没有人敢率先鼓掌喝彩，似乎做了那个带头的人就是预先掀开了自己的底牌。于是在全场演出结束后整整三分钟里，听不到任何大的动静，只有个别观众的窃窃私语："结束了吗？这回是不是真的结束了？"三分钟相比起三个半小时而言当然算是段短得不值一提的时间，但在如此空旷高挑的大型剧场里，舞台上没有演员没有音乐没有灯光变化也没有人上来谢幕的静谧得近乎压抑的气氛中，三分钟简直就像三个小时那样令人紧张得连呼吸都要压低声音，生怕破坏掉万一这是大师刻意营造出来的氛围。

好在三千多个观众席中总归是有几个不那么把面子看得比腰肌和屁股的不适感更重要的观众。三分钟后，总算是有个看起来中年模样的男人心不在焉地鼓起掌来，他的两扇巴掌碰撞出的声音带着股闷湿的劲儿，啪啪撞击在一起的声音像是要漾出水来。他一边鼓着掌一边回身向观众通道打量着，无论是那湿哒哒的掌声抑或他的表情动作都显然表明了此刻的剧场已经榨干了他所剩不多的耐心。他的目光随后扫射到其他观众身上，似乎是期待其他人尽快配合自己的行动，让躲在舞台侧幕后等待着的演员们尽快谢幕了事。

坐在男人目光扫射空间范围内的观众们都松了口气。需要承受最大压力的部分已经由这个看起来明显对戏剧不甚了解的谢顶男人背负了，此时就算是再鼓起掌来，也不再代表某种意见或者判断了，而只是代表礼貌和涵养。毕竟嘛，三个多小时呢，演员们那么卖力，有几个小伙子的汗水都渗透了戏服，开场时飘逸的衣服此刻就像尿布一样粘在他们青春的身体上，多辛苦呢。

掌声鼓励了更多的掌声，更多的掌声宣告了掌声的正当性，于是全场的观众都开始鼓起掌来，后排还有几个观众吹起了口哨。爆米花一样噼里啪啦此起彼伏的掌声蔓延开来，让本来还有些迟疑的人们顿时打消了顾虑，掌声变得越来越坚定，越来越热切，越来越像是每个人自己真心实意要这样不惜掌心的灼痛感而努力继续拍撞着双手。

在潮水样的掌声袭来的顶点，他猛地一下子从睡梦中惊醒过来。第一反应先是紧张地向左右两侧的座位迅速扫了一下，还好，此时还没有人留意到他。大家好像还各自沉陷在自己该以什么姿态来鼓掌的思考中。他坐在第三排正中央对着舞台的位置，前后左右位子上坐着的，都是受邀而来观看首演的 VIP 嘉宾。相比起受到一点点鼓励就会喝彩不止的普通观众，坐在嘉宾区的观众们要矜持得太多了，每个人的掌声都跟参加庆功晚宴时伸向食物的手一样，充满了礼节性的克制和含混的态度不明。

对于这种情况他已经熟络得很了。虽然内心充满了对于自己的混浊的沮丧，此时此刻属于他的戏份也还是要先做足才行。他抬起双手，频率缓慢地用左手掌碰撞着右手掌，碰撞的速度保持在每秒钟一下，最高不应高过每两秒钟三下，碰撞的声音应以不超过咀嚼食物时通过下颌骨传导到自己颅内的声音为佳。面部表情最好是在保持基本发力肌肉不绷紧的情况下，两侧嘴角同时略微上提为好，不应只单扬起左侧或右侧的嘴角，那样就掺入了评价的意思。

坐在他左边座位的李教授扭过头来，把嘴巴伸到了他耳边。剧场内的掌声已经相当热烈了，李教授也因此没有刻意压低自己的声音。

李教授说："看来大师毕竟有老的那天嘛。"

他不置可否地耸了下肩膀，继续着自己鼓掌的频率。

舞台上站成一排的演员们轮番鞠躬谢幕，在他们脸上看不到一丝刚才在观众席里荡漾着的疑虑。毫无疑问，他们深信自己刚刚结束了一场足令自己余生都感到骄傲的伟大演出。后排的观众席里开始有人大声呼唤着大师的名字，更多的人也跟着呼唤了起来，看来大家都在期待着这个夜晚应当由大师现身出来谢幕领受大家的掌声及欢呼作为结束。

他知道大师是不会出现的。今天来参加首演之前，主办方已经提前通知了所有嘉宾，因各种原因大师本人不会出席首演及庆功宴。他也是在确认了大师不会出席后，才决定接受邀请来观看首演的。如果大师也在场，一定会殷切地要求他立刻讲讲看完戏后的第一感受的。大师一直很强调第一观感体验的重要性。可是那样的话，他也就没有一点办法来逃避那困扰了自己许久的问题了。

观众散场花掉了比平时更多一些的时间，对于大师最新（有消息说这也将是最后）一部力作的种种困惑和不解牵绊着人们的脚步，让走出剧场的队伍缓慢而迟滞。他忍耐着自己的烦闷，夹在队伍中间随波逐流地移动着。更糟糕的是，被人流裹牢在他身边的李教授颇为兴奋地喋喋不休着自己对于大师新作的看法。

要是李教授能说出来些对他有所帮助的信息还好，可李教授向来讨论起戏就像讨论自己做的学问一样，永远充满了各种空泛的大词和模棱两可的主义，听起来好像说了很多实际上却什么都没有说。而经常被李教授拿出来在嘴上换着法调戏的大词和主义，翻来覆去的也就是那么几个，让人感觉以摆弄大词和主义来讨生活的李教授连更新自己词汇库的基本义务都懒得执行，实在是叫人无法满意。他只好放空自己的大脑，任由李教授的声音回绕在空气里，但他的大脑指令耳朵不必放行。

"唉，问你呢，怎么不吱声啊？"李教授伸出食指和中指，并在一起推按了一下他的肩膀。

"啊？"他回过神来。

"我是问你，对这戏到底怎么看。"

"哦。几句说不清，我得琢磨琢磨。"他不假思索地吐出这么一句。

不假思索，是因为在过去的半年多里，这句话已经被使用了太多次，俨然已经成为他对待所有人和突发状况的最佳挡箭牌。

轻盈的一个"嗯"字，打李教授的喉咙里悠悠地挤了出来。他心里提醒自己不要扭头去看，可还是一个没忍住，脑袋一歪瞥了一眼李教授。刚才半天都没法把嘴巴闭拢的李教授，此时嘴巴关得紧绷绷的，嘴唇周围都紧得皴起了干燥的纹路，嘴唇以上却弥散着况味复杂的微笑。

难道，李教授这家伙已经发现自己的秘密了吗。他心里一抽，赶紧把头扭向别处。

主办方准备的庆功酒会，他借口说身体不舒服溜掉了。肯定要溜掉的啊，不然届时一定会被手里攥着香槟或红酒的各色人等轮番抓住，强行要求他谈一谈对刚刚结束演出的想法。原本他就有些受不了这样的场合，自己出现问题以后再参加这样的活动更是犹如上刑。

揪住他的每个人都期待他以最短小精悍（最好是一百四十字以内，适合发微博和朋友圈），又新颖有趣（那么多人都看了戏评价不犀利怎么抓住别人眼球），有点批判性但不能批判得让人不舒服（圈子就这么小，可别得罪了人）的新鲜出炉的评论来装点自己社交媒体时间线以及这个特别的夜晚。这样的情况经常会叫他觉得自己是一只在大街上卖艺的猴子，随便什么人走过来丢几个钢镚，自己就得马上钻个火圈儿或者跳段草裙舞。

想来不禁感慨，年轻时的他是有多么热衷于在戏结束散场后抓住朋友不放，痛痛快快地聊上它一夜啊。有钱时大家就结帮冲进小酒馆里要上几打啤酒几个凉菜，没钱时就索性蹲在街边或闯进哪个单身汉的家里，这种时候喝了酒跟不喝酒都能起到差不多的作用，因为看着戏聊着戏就足够像是灌饱了酒。好景不复啊。先是没了环境，再是没了人，然后是没了心境。现在，怕是连戏都快要没了。

他快步走出前厅人声鼎沸的剧院，拐进旁边的一条小胡同里。深夜的胡同与白日里完全不是同一条胡同，脚步踩在地上都有哒哒的回音，眼前是纵深和黢黑相交的敞亮，不再有沸腾的声音熬煮着耐心。

他从裤兜里掏出烟盒来，摸出根烟来点上，尽心尽力地吁上了一口。

看来，果然还是不行呢。烟气卷缠成混乱的一团向屋瓦上飘去。

他的这个毛病是从差不多半年前开始的。虽然现在看起来已经是个要命的问题了，但在最开始的一段时间他确实觉得那只能算是个"毛病"而已。细究起来，第一次发作应该是在那出业内已经颇有名气和影响力的青年新锐导演的新作首演场上。尽管对于这位年轻导演过往的作品存有质疑，他还是欣然前往，决心放下一切成见来安心享受这个夜晚。然而开场不过十分钟，他就在毫无戒备的情况下陷入了沉睡。待他惊醒过来，演员们都已经谢幕完毕了，年轻导演正在演员的簇拥下登台致谢。

抛开对于自己无礼表现的愧疚，更让他惊异的是自己身体的反常。多年来看戏和工作的惯性，他的身体明明已经调整成了标准的"夜猫子"型，这样困倦和深沉的瞌睡偶尔也会在中午时发作，却从来不会在晚上，尤其不会在演出的时段内。演出散场时他出于愧疚，也出于对自己的不解，在与年轻导演的短暂寒暄中破例做出了"还不错哦"的虚伪评价。

那个时候他还没有想到，这个毛病会演变成让自己难以接受的一颗毒瘤。散场后他也曾短暂反思过，难道自己内心深处还是存有对于这位年轻导演难以觉察的不满吗，即便在理智上要求自己认真看戏，可身体却还是很诚恳地产生了"排异反应"吗？彼时他很快地接受了自己这种分析，也就没拿这件事太当回事。

但同样的情况竟然很快就在几天后再次出现。柏林一家近年来享誉欧洲的前卫剧团带来了一部已经在欧洲各国巡回多轮的演出。这部戏以前卫的导演手法，出色的演员表现以及颇具争议的剧情在欧洲广受关注，国内戏剧界可说是早已翘首期待。果然，甫一开场，台下的观众们便被舞台酷炫的舞美风格和演员充满强刺激的身体表现力征服了，不少观众甚至按捺不住激动，等不及挨到幕间就开始鼓起掌来。

他却在整场轰耳欲聋的摇滚配乐中安然酣睡到结束。强劲的音乐，演员在麦克风里发出的嘶喊，群舞中梆梆跺地的巨响，都没能将他从梦神的手里拖出来。他睡得如此深切、怡然，竟比躺在自家床上睡得还要舒服，几乎要打起呼噜来。

这令他开始感到焦虑了。这时候的焦虑主要还是来自不解，而非这毛病本身。毫无疑问他是期待着柏林剧团的这场演出的，甚至可以说是那个月里面最期待的一场演出，所以之前自己用在那个年轻导演身上的解释理论就无法成立了。如果不是因为"排异反应"导致难以抵抗的困倦，那么，难道是身体本身出现了什么问题吗？可是他明明感觉自己的身体不仅没有什么大的病痛，还因为从去年开始坚持的每日跑步而变得比前些年更加健康有活力了呢。

接下来的几天里他密切地观察着自己的身体。从早上醒来睁开眼，他就认真地观察着身体每一刻的变化，甚至连排便时间、下蹲再起身时大脑是否会晕、饭后是否会困倦这样他从未留心过的细节都会细致地去观察。尤其是一到每天晚上 19 : 30 至 21 : 30 期间，他便会仔细考察自己是否会感到困倦，还记录到一个小本子上面。观察了几天后他认定，自己的身体并没有问题，前面所发生的情况，应该是特例。尤其是晚上七八点钟时，他就像往常一样清醒得很，一丝没有困倦的感觉。看来只是前段时间自己写稿的压力太大了，可能连自己都没有察觉到呢。

略微放下心中的疑虑后，他精心选择了一场戏，作为自己"回归正常"的测试品。这部戏的导演与他年龄差不多，正是中年稳健上升的阶段，已经不再需要通过在舞台上乱抛各种新奇的手段玩意儿来证明自己的先锋性，也还远没有老到中规中矩做出叫人毫无意外也毫无兴趣的旧东西。这部戏无论从剧本、演员，还是到节奏和气氛上，都可以说颇为可圈可点，绝不会叫人发困。他在网上反复浏览了几个小时的戏单，认真地选择了这部戏，订购成功后长呼出一口气，仿佛已经完成了一件大事。可这口气刚吐出来一半儿却叫他猛地意识到，这个"毛病"现在已经成了自己的心病。

没有太多意外，他再次从头睡到了结尾。散场时他被一种细密的恐惧包裹着，四肢僵硬地向场外走，却被站在门口与人寒暄的导演认了出来，一把揪住他，热情地追问着他对于这部戏的看法。彼时的他还没有发展出后来那套"几句说不清，我得琢磨琢磨"的挡箭牌口径，一时竟陷入了语塞，嗯嗯啊啊地说不出一句整话来。好在不断有熟人走到导演身边打招呼祝贺，导演的注意力很快被牵走了，他赶紧借口要早点回家便仓皇而逃。

再也没法把这当成是一个小"毛病"来看待了。他开始有步骤地针对自己的症状罗列各种解决方案。入场前半小时左右饮下大量浓缩咖啡，喝半箱功能饮料，先睡上一整天睡到再也合不上眼然后再进剧场，穿极为不舒适的内衣和鞋袜，在太阳穴附近涂抹大量风油精，上衣口袋里装着味道浓厚的蒜香洋葱面包……他尝试了种种平时只要做一点就会一晚上睡不着觉的法子，却没有一件能够救他于水火之中。他辗转在各个大大小小的剧场里，看各种各样自己喜欢的不喜欢的戏，却发现是话剧也睡，歌剧也睡，舞剧也睡，京剧也睡，是前卫先锋戏剧也睡，老式经典戏剧也睡，不伦不类的戏剧也睡。

总而言之，他再也没法醒着看完一部戏了。

从焦虑不安，到恐惧，再到绝望，他感觉自己为之奋斗了大半生的职业生涯很快便要宣告终结了。毕竟，作为一位剧评家，却再也无法醒着看完一部戏了，这不就像要写作的作家一点开空白文档就陷入昏迷，要拍片的导演一开摄像机就神志不清，要作画的画家一拾起画板就两手发麻吗。

真是上帝开过的最残忍的玩笑。

沉默的黑沉沉的巷子把他吐出来的烟雾吞得一干二净。他又点起了第二支。烟雾继续被倾泻出来，继续被巷子吞掉。近来他的烟抽得是越来越多了。肺开始变得像心一样，成了一个无底洞，不管倒什么东西进去，倒多少，还是离填满着有着十万八千里的距离。

想到大师亲自邀请自己来看戏时电话里殷切的声音，他就感到自己充满了逃兵的羞耻。作为逃兵，不仅有匮乏勇气的羞耻，更有背叛了同人的羞耻。

说实话在此之前他已经下了决心要放弃了。他觉得自己已经真的尽了力了。如果说来自他自己的种种尝试还没有让他绝望的话，医生的结论也足以令他感到绝望了。

在经过了几次细致到连头发丝都拔下来要验一验的体检过后，医生宣布他的身体在生理上没有任何问题。医生对他说，如果这个问题没有影响他的正常生活，可以暂时不用管它了。这是生活里常有的事，你不去管它，反而慢慢症状就会消失了呢。

这番模棱两可的话简直不像是一位医学从业者会讲出来的，倒像是一些不入流心灵鸡汤作者惯有的态度，叫他听了以后愈是烦躁，恨不得立刻离开诊室结束这样的羞辱。就在他要摔门离开前，那位医生却又幽幽地讲了句：可是如果影响了你的正常生活，建议你可以去看一下心理医生。他顿了几秒钟，还是带着些气摔上了门。负气归负气，但医生的话还是让他身上又紧了起来。看来，果然还是心理上的问题。

这毛病近乎顽固地持续了一段时间以后，他就已经隐隐地觉察到，恐怕是心理上而非生理上的问题。否则，又怎么解释不去看戏时自己在同样的时间段里活蹦乱跳的精神得不得了呢。可是，这算是什么狗屁的心理问题啊！为人半世，明明心里最最确认的事情，便是自己对戏剧的热情和抵抗万难也要继续从事下去的决心啊。这下可倒好，难道老天就是偏要来试他一试到底有多大的决心吗?!

初夏的夜，又稠又厚，掺着烟雾凝滞地压在他身上。

但是这部戏，毕竟不一样啊。这部戏，毕竟同全世界上其他所有的戏都不一样啊。大师是他在戏剧道路上最早的启蒙者同时也是最重要的提携者。到现在他还能刻骨清晰地记得，在自己青年时代除了一腔热情外一无所有之时，大师不求回报地鼓励他去质疑、去批判、去抗争、去搭建，正是大师帮他铸就起来的勇气和全新的自我，给他带来了日后所拥有的一切。

而这部戏，将是大师辉煌一生的谢幕之作。尽管到现在为止还没有几个人知道确切消息，但大师早在刚开始筹备这部戏时便告诉了他，这将是自己的封山之作。

说起来，自己的这个病那还真是会找时候发作。早不犯晚不犯，偏偏就寻摸这么个根节儿上犯了病。

"人至耄耋，才终于放下了自己。这部作品，就是我在人生的终点处，给自己、也是给他人的答案。"大师在给他的电话里这般讲道。

对大师这个"答案"致命的好奇，瞬间战胜了其他所有情绪，牢牢地把控住了他的全部心思。他简直想要献出自己的一切，去一窥那答案的玄妙之处。然而现在答案近在眼前，自己却没有能力去探究，甚至竟无法保持清醒。绝望感像头小兽，从脚趾开始啃噬着他，一点一点地咬啮着向上蔓延。

之前为自己设想好的多条安全退路此时看起来都显得苍白无力，甚至有些可笑。如果不再从事剧评，他可以进入研究机构，转向学术研究，或者授课也可以。之前几年本就有几家高校向他抛出橄榄枝，他的母校也一直邀约他回去做特聘教授，想来日子不仅不会过得差，反而会更稳定和受重视呢。此外也有一些国有的或商业的戏剧机构想请他去担任顾问之类的职位，虽然不如做学术那样体面，至少生活上肯定有保障。而无论他做何选择，都能解决目下的困境。因为那些工作都不需要他在亲自看完戏后做出第一时间的反馈和评价。他可以研究纯理论，也可以通过看碟来补充最新的戏剧动向。

然而所有这些基于理智的思考和设想，被大师简单的几句话给击得粉碎。不提大师与他长久以来共同工作和交流产生的种种难以明述的感情性因素，单单是大师难以被世俗磨灭的赤诚与前行无忌，便足以叫他产生强烈的愧疚和自责。如果是真心喜欢学术的话，最初毕业时就有机会选择学术了，难道还需要等到现在吗。他之所以义无反顾地选择成为剧评家，不正是因为他最钟爱的、让他产生无限激情的，恰恰是戏剧中无法定型为理论的那部分属于现场的魔力吗。可是再看看大师呢，大师抵挡着承负着身体的溃退、创作力的下降、众人的追捧与质疑、世道人心难以置信迅速的败落、商业强力的侵蚀等等各种巨大过自己百倍的压力，还要在耄耋之年奋力一搏。那他又有什么资格，有什么理由，有什么脸面，就此便放弃了苦苦追求并曾立志为之奉献终生的事业呢？

恍如初夏夜晚常会出现的闷雷电闪般，缠绕在他心头几个月来的阴郁恐惧忽然间被撕开、照亮了。他重新燃起了熊熊的斗志。带着些许表演般的兴头，他将烟头狠狠扔到地上，又抬起脚来用力地碾灭黑暗中扎眼的红色火焰。他在自己脑袋里即兴发表出一段简短台词式的演讲：不与天斗，不与地斗，我现在就要与我自己斗上一斗！我他妈的还就不信了！

第二天他带着妻子一起又来到了剧院。临出门前他翻箱倒柜地找出一顶塞在衣柜里好多年没有拿出来过的帽子。在镜子前比画了半天，怎么看怎么觉得丑。这顶土绿色的士兵贝雷帽显然已经过气了太久，他的脸型也较多年前臃肿了太多，以至于戴上帽子会被吸引的注意力似乎远比不戴上还要多。

妻子半是嗔笑半是认真地抢过帽子来，叫他不要自寻烦恼。"还真当自己是个角色了，人家观众只会追戏里的名角儿好嘛，谁拿你们这些搞剧评的当回事。"他也被自己过分戏剧化的表现逗笑了，把帽子收了起来。是啊，不过是看过的戏又看一遍而已，就算被人认出来又有什么呢，只不过是自己心里有鬼罢了。

去剧院前又是照例做足全套准备。先是白天睡足，醒来后先喝功能饮料，吃过晚饭后又喝了两杯浓缩咖啡，出门前在脑门各处涂了刺鼻的风油精。到了剧场后，他让妻子一人去票房按他的嘱咐买了两张票，位置在一楼靠中间区域再偏右一些。找到位子两人坐好后，妻子便非常自然地把左手轻轻搭在了他的右腿上。妻子的动作柔缓而不刻意，放好手后也不再看他，他知道尽管看起来不经意，但妻子不看他只是不想引起他的紧张。他扭过头看着妻子，心底充满了温柔的感激。

他们两个不是第一次做这样的事了。前面一段时间他近乎疯狂地寻求解脱自己烦恼的方法时，便请求妻子帮过自己这样的忙。妻子早已感觉到他在被什么事情折磨着，虽然不明就里，却自然是什么都愿意帮他做。他让妻子陪他一起去看戏，一旦他陷入睡眠，就拍醒他。第一次他们实验过后，妻子在整场戏期间一次都没能成功拍醒他。于是第二次他们改成了由妻子来捏他大腿内侧的肉。他从小到大向来是最怕这一手的了，大腿上的那块肉似是他全身痛点最强的部位，一捏下去便会嗷嗷叫着跳起来。谁知道在看戏期间他居然能睡到如此之沉，简直像被灌了迷药，妻子捏了好多次也不见他有什么反应。原本他觉得妻子是下不去手用力，心里对妻子的软弱又是愁烦又是爱怜，回到家脱下裤子却发现，大腿上那块肉已经被捏得青紫，连着疼了好几周才稍微平复下来。

他把自己的手伸过去，轻轻按在妻子的手上面，用力地捏了捏，又松开。妻子回过头冲他微笑。这次出门前他跟妻子彻底坦白了一切。这半年以来发生在自己身上的变故，自己做过的所有尝试，可能会发生的情况跟自己的选择。妻子默默地听完他的陈述，什么多余的话都没有说，只是建议他不要戴那顶可笑的帽子。

第二场的上座率还真是要比首演差得远啊。他迅速扫视了一下剧场四周。大师还是相当有些铁杆粉丝的，尽管现在的年轻人是不怎么吃经典啊、传承啊、情怀啊这一套了，但毕竟吃这一套的观众还没有完全退出观戏市场，坐满首演场的数目还是蛮有的。但到了这第二场，则像是喧闹典礼过后卸了浓妆的夫妻，露出了颓相来。目测只上了不到六成座儿，这中间应该还不乏不少从昨夜到今天被微博和朋友圈上过于两极的评价而临时被吸引过来看热闹的人。

从昨晚首演结束，他还在小巷子里抽烟晃荡的时候开始，关于大师这部新戏的热烈讨论就在网络上炸开了。这部作品似乎真的是太特别了。往日但凡是大师的作品，就算某些方面有所不济，业界的反应大多还是以捧为主，外加略显婉转的"建议"或"批评"。毕竟嘛，大师是我国戏剧界扛鼎之人物、业界之传奇，以咱们中国人为人处世之个性，公开场合无论如何是说不出什么过分话来的。

但这部戏却如旱地一颗雷，什么精灵妖怪都给炸出来了。首演结束后不到四个小时（已经是凌晨了，年轻人就是有激情），一位年轻的剧评家便在网上发布了近万字的剧评，对于"完全不知所云"的大师新作提出了强劲的质疑。"混乱的舞台调度、不着边际的剧情推进、涣散的灯光舞美、完全不知道自己在干吗的演员们……所有这些都不禁让我们怀疑，大师这到底是在搞'实验'戏剧，还是在考验台下观众的耐心？"年轻剧评家如此激越地写道。

又隔了几个小时，一位同样在入行时就受过大师提携的中年剧评家在网上发表了自己回应年轻剧评家的文章。这位中年剧评家是他的朋友，他很了解这位朋友容易激动的个性和让人着急的写作水平，知道这位朋友在此时发言并不是一个好的时机。但网络就是这样，太过轻易可得，太能够随时为你提供表达的机会，因此也就太容易陷进混乱思维的陷阱，处处都是把柄。

中年剧评家的回应文章关于大师新作的分析不过千

余字，之后很快便将焦点转移到了批评那位年轻剧评家上来，认为年轻剧评家不仅毫无学术背景，也无大量的戏剧知识积淀，仅是凭着自己年轻人的热情和浅层的感官感受来论断作品，不仅是非常地不负责任，简直可说是没有羞耻心。年轻剧评家难道又是好惹的吗，自然是发布了质疑大师的剧评后就等着有人反驳并就此拉开战斗了，于是仅仅两个小时以后年轻剧评家又相继发表了两篇文章针对中年剧评家"过时的幼稚的精英主义"言论进行批判。

这下可倒好，讨论就此彻底歪了楼，战斗的号角吹响，两大相对阵营前后又有多人加入，形成对峙状态，从到底具备怎样的素质才能成为一位合格的剧评家，一路论争到在现在这个时代我们到底需要怎样的戏剧和怎样的批评。所有争论不能说跟大师的新作没有联系，但大师的作品逐渐成了论争中的证据之一种，成了所有人在提出观点前抛出来的例子。就事论事从来都是虚幻言辞而已，因为没人真心想要就事论事。

而从昨晚开始，一直到现在，不断有人给他发信息和留言，甚至是直接打过来电话。他们问的都是同一句话："这事儿，你到底怎么看？"

是啊，这事儿，我到底怎么看呢？他在心里问着自己，不由得冷笑起来。我连看都还没能看，还能怎么看。

剧场内最后一遍开场提示钟声响起。场灯逐渐暗了下来，观众席上交头接耳的声音也随之渐渐消退开。他所始终钟情的充满了古老仪式感的黑暗覆盖在这座经历过岁月摩挲的剧院里。每每在这样黑暗静默的时刻，他都会强烈地感受到戏剧那徐徐展开的张力如圣灵或如羽衣般附在自己的身体之上，叫他头皮发麻。这种近乎宗教般的神秘体验，是他坚信无论世界如何变迁，人类都将需要戏剧存在的终极原因。

他能感到妻子拂在自己大腿上面的手变得紧张起来，来回换了几个姿势，试图找到一个最佳的能够恰当捏到他大腿内侧那块肉的位置。

这是他这一晚在剧场中清醒记得的最后一件事。

"这不，去年底刚出了篇儿最新的研究论文，斯坦福人搞的。看见这个位置没有？这儿，这块儿叫丘脑，是人体感觉中枢所在区域，就是它，主要控制人体不同部位传来的信号，还负责调节意识和清醒状态。如果这块儿遭到损坏，那人的记忆力啊、注意力啊和睡眠啊都受影响，严重了还会昏迷。总之，斯坦福人呢，发现他们可以通过调整丘脑中枢的细胞活动来控制小老鼠的意识，通过一定刺激让小老鼠迅速陷入昏迷或唤醒。这是个比较新的研究了，国内还不是非常重视。"

他木然地倚坐在硬得实在叫人不舒服的铁凳子上，看着坐在灰色转椅上的医生一边用手里的蓝色圆珠笔啪啪戳着他的大脑核磁共振胶片，一边侃侃而谈。医生看起来接近五十岁了，脑袋上已然出现了这个年纪的人都无法逃避的脱发问题。虽然在讨论着对自己影响重大的话题，但他不停在走神。他的目光在自己的大脑胶片和医生只有少许发丝遮掩的脑袋上来回跳转，心里在想，明明是自己最亲密的器官，被这样子拍出来赤裸相见还真是略微有些尴尬呢。

"实际上更早一点儿的时候，我想想哈，也就前年吧——您瞧瞧，现在科学研究进展多迅猛呢，不紧跟着点还真是不行——哈佛人呢，发现脑干侧颜区——喏，就这块儿——有一种特殊神经元，专门产生神经递质

γ-氨基丁酸，也叫 GABA，可以促进深度睡眠。他们是通过电来刺激，啪，一刺激，人立马进入深度睡眠。不过哈佛人这研究对睡不着的人更有意义，对您这情况还是解不了近渴。"

看来即便大家从事着不同的行业，但每天在做的事情也大致相同嘛。他看着医生讲述起国外最新研究成果时的兴奋劲儿想着。不知道这位医生，平时偶尔会不会去看一场戏呢？如果是在剧院里见到，换作是我兴致盎然地给他讲述这部戏好在哪里，现在欧美日韩有哪些最新的戏剧发展潮流，他会不会像我此时一样脑袋里止不住地走神脸上还要保持微笑呢。他抬起手腕看了看表，决定尽快结束这场谈话。

"所以大夫，您说这些最新研究成果跟我的毛病有什么关系呢？"他尽量让自己的话听起来客套而不夹杂感情。

医生抬起手里的圆珠笔，轻轻地戳了戳他的大脑胶片（他发现这是医生一个下意识的习惯动作）。"我就是想告诉您啊，睡眠，它是一个非常、非常、非常神秘的东西，就像大脑和人的思维一样神秘，"医生望着他的笑容也显得神秘起来，"哪怕医学发达到现在了，还有好多问题是目前无法解释也无法解决的——尚在研究中。"

"哦，您那意思就是，我这病没法治？"不知为何，一种如释重负感落在了他肩头。

医生不置可否，低头翻动着他的病历本，掀到一页停住，抬起圆珠笔敲了敲大脑胶片："已经做满了二十个小时的心理咨询？"

"是。"

"有帮助吗？"

"对我重新认识自己的生活倒是有点帮助，不过对我这病没任何帮助。"

医生被他的说法逗到了，没忍住低声嘿嘿了几下，马上又收住。医生放下了病历本，同时也放下了手里一直攥着的圆珠笔，跟他说话的语气也忽然换了一种状态："其实呢，我个人对您现在的情况是非常地感兴趣，如果您不介意，我希望咱们能保持联系。您瞧，像您这样的病状，估计可着全天下也没几个……我知道这么说不太合适，但如果咱们建立长期的联系呢，对于推动我国的睡眠神经学科发展，绝对是个好事儿……您放心，我们当然绝对不会像对待小老鼠一样对待您了，一切都会在您愿意的基础上进行……"

他拎着装满了自己大脑核磁共振胶片的塑料袋子往剧院的方向溜达着。离演出开始还有将近一个小时，医院距离剧院也不是很远，他决定就这么一路走着过去。有些焦热的风撩刮着身体，倒也不惹人烦，唯一不舒服的，是这硕大的塑料袋子，随着走路的节奏一下一下地拍着自己的腿。而往来的行人，难免会被这袋子外面写着的大大的医院字样吸引住，向他施舍着对待病人的同情目光。

就尽管来同情好了，这无药可救的病。他把胳膊支起来，好让塑料袋子远离开自己的大腿，省得总被拍来拍去的。好像那袋子里装着的不是胶片，而是他货真价实的大脑。

穿过对向八车道的大马路，穿过肠道样的弯曲胡同，穿过人潮涌动的地铁站台，穿过飘着炸鸡排味道的街面店，穿过响着震耳欲聋广场舞劲曲的商城，穿过坐满了等位子食客的苍蝇馆子，穿过飘散出夹着各类香水的空调冷气的对开玻璃门，穿过城墙，穿过护城河，穿过整座城市。他感觉一直支棱着的胳膊终于开始发酸了。

今天是大师新作的最后一场演出。之前的十四场，他每一场都去看了。哦不，准确地说，应该是，他每一场都去睡了。从最开始的挣扎，尝试各种法子企图扭转局面，到后来反而渐渐放松下来。最后几天里，他甚至有了些奇妙的安闲适意。每天吃过晚饭，散会儿步，就溜达到剧院里，随便买张哪个座位的票子，躺在那里安安心心地睡上一觉，然后又溜达回家，或者去吃个夜宵。在剧院里睡上这一觉，就像是吃饭、遛弯消食、乘夜凉一样的普通事。这是一场仪式。也许，将是他最后的仪式。

这半个月，他仿佛获得了一种全新生命的可能。这感受却无人能与他分享。是的，谁也不能。与之而来的内心的宁静，超越了他一生曾体验过的各种精神性的享受，让他觉得自己并不是再也干不了什么了。不，恰恰相反。他觉得自己可以做一切的事了。就是这样。

最后一场的观众还是要比中间日期场次的观众多了不少。半个月来，随着对大师这部新作的种种争议和辩论的持续发酵，也不断有人爆料出这将是大师封山之作的消息。因此，最后一场演出，还是吸引了不少大师曾经的粉丝前来，估计有些人还是专门第二次来看的。他看到不少观众都带来了鲜花和贺卡，还有人开车送来了写着字幅的花篮。他完全不想去看上面写了什么字。

即便论争的两方都不断有人来说服他为大师的新作写篇剧评，或者至少发言表态，但他始终保持了沉默。保持沉默的原因自然外界不得而知，但在很多人看来，沉默本身就是一种表态。他自己心里也明白这一点，所以在睡到第四五场时心中的焦虑到达了顶峰，每天出门都不敢带着手机。他不仅是怕总是被人催促表态，更是怕会接到大师本人的电话。然而直到今天，大师都没有给他打过一次电话。想到开演前大师邀请他时在电话里的殷切，这种情况不免曾让他感到很是忧虑。他可以不在意别人对他的指指点点，但他毕竟不愿失去大师的友情和理解。不过现在看来，这些也都没有那么重要了。

他在演员谢幕时全场雷动的掌声中醒来。相比起过去的十四个夜晚，今晚的掌声听起来明显更加复杂。这超乎一般热情的掌声叫他感到有些厌恶。这哪里是掌声，哪里是喝彩，听起来分明是欢送一代宗师尽快走进养老院的不耐烦的催促。观众中有部分人不停地呼唤着大师的名字，这些零散的呼唤渐渐变得协调有序，获得了越来越多的认可和加入，逐渐汇成了一股有节奏有组织的齐声啸叫，似乎如果大师不亲自现身出来领受他们的致敬，今夜谁也别想就这么离开这家剧院。

他心底油然生起一股子反感，拎起了脚边的大塑料袋子，仓皇地向散场处的大厅走去。刚走出了前厅，就看到大门处稳稳地立着一个人，正笑吟吟地望着他。他心里一惊，脚步骤然收住。是大师。

两人就这样僵立着对望了片刻。大师双手抱在一起，合在腹下，穿着那身他永远不变的对襟儿白褂子。两人身后的剧院里，传出众人欢呼着的一阵阵清晰而响亮的大师的名字。他在心里让自己打了个缓儿，冲大师走了过去。

"您怎么搁这儿站着呢，听听里面座儿都叫成什么样了？真就不去谢谢吗？"他把烟从裤兜儿里掏了出来，敬出一支给大师。

大师接过烟，根本不接他的茬儿，反问他道："怎么着，病了？"

他低头瞅瞅自己手里拎着的塑料袋子，不好意思地笑了笑："小毛病，不碍。"

"走走？"大师说罢，拔脚就往门外走。他紧跟上。

两人没几步就溜达到了往日常常在演出结束后几个朋友啸聚饮酒阔谈的那条小巷子里。只是这一个往日，也要往上数个十几二十年了。时间倒也不打紧，到了该到的时候，还是顺顺当当地就走回去了。

"我其实每天晚上都来剧场，从首演，到今儿个。"大师说。

要说完全不吃惊那是不可能，但他像是有某种"能想到"的感觉。

"我也不进去看，我就找个僻静地儿，站在那看着来来往往的人。你别说，还真是好看，快赶上戏好看了。"大师轻咳两声，把指上聚了很长的烟灰掸掉。

"要说意想不到，还真是有那么一件。"大师顿了顿脚步，立住身子看了看他，"意想不到，你小子他妈的居然还天天都来看，连看了十五场。"

说罢，大师又抬脚继续向前走。他不知道该如何作答。一瞬间，他很想把自己的病，自己这段时间以来经历过的所有事情，还有这半个月来自己身上发生的变化，全部讲给大师听。但他体内已经发生变化的那个部分却默默地发挥着作用，叫他并不想就这样倾诉式地将心思涌泄出来。

"我知道，你小子有困惑。也很想知道，我之前跟你说过的答案是什么，对吧？"烟吸尽了，大师把烟头掐灭，撇进垃圾堆。

"算是吧。但好像也不止是因为这个。"

大师幽幽地从嘴巴里溜出来一句："这戏，不是我排的。"

"不是您排的，那是谁排的？！"

"谁都不是。我每天来到排练场，就沏好茶，坐在那里，一言不发，也不瞧他们。所有的演员就自己想干吗就干吗，想怎么走戏就怎么走戏，想怎么练习就怎么练习。他们要是来问我，'导儿，这块儿您觉得怎么着合适'，我就看着他们，还是一言不发。忍不了多一会儿，他们就自己走开去了。要说中间有意思的事儿还真是挺多。你不知道一开始那些演员、编剧、剧院领导都急成什么模样，恨不得觉得我犯了老年痴呆了。可到了后来，每个人都安安然然的，每个人看着都比经我常年指导过还要更自信。"

"那舞美和灯光呢？联排和技术合成呢？"

"也是一样啊。我就坐在那，看着他们，一言不发。他们就自问自答。我既不点头，也不摇头，既不说好，也不说不行。就这样。"

他陷入了沉默中。小巷子里的石板在两个人四只脚下响着规律的脆声儿。巷子快要走到头了。走到头，就是商业街和大马路了。

"我知道，这事儿说出来肯定有很多人觉得我疯了，有病，对观众不负责任。但这就是我的答案。"大师站在巷子延伸向大马路的最后一节上，停住不动了。"本来吧，这事儿谁都没想说。就是没想到，给你小子这么大的困惑哈？得，现在你知道了。安心回家吧，该干吗干吗。"大师挥了挥手，示意他继续走，意思就送到这儿为止了。

他有些木然地继续向前走，走过了大师站住的那最后一段巷子，走到了大马路上。他站在大马路上发了会儿呆，回头再去看小巷子。巷子里一片黑暗，大马路上刺目闪耀的街灯让巷子里显得更加混浊不清，完全看不到大师的身影。

其实这条路他再熟悉不过了，朝东走向自己家，朝西走向闹市里，朝前是迷宫样盘错在一起的更多条胡同。

2016.6 初稿

2017.2 改定

了不起的怪客们

街头怪客先生感觉身体已经不受自己控制，
像是听到了穿花衣的魔笛手吹响的魔笛音，
除了要一路跟着她跟着她跟着她走以外，
什么都再也做不了。
魔笛手还得要支魔笛来辅助，
她可是连笛子都不需要哦。

街头怪客先生

试问一下，我们当中的哪一位，没有在人流熙攘的街头见到过吵架吵得震天动地、噼啪乱响、要死要活的情侣呢？

在这样的一座城市里，吵架的情侣就像是沙滩上的贝壳儿，放眼望去是完全看不到，走到沙滩上面去却会几步就踩到一颗。

细想来，就连我们当中的大多数人，也都曾经做过当街就同情侣吵架这样的事情吧。说起来，跟爱人吵架应该算得上是街头发生的所有尴尬事里，比较值得路人理解同情的一件吧。

作为一名有礼貌并尊重他人的合格都市人，当我们在街头见到像两只刚出笼的小鸭子一样抻着脖子对叫的情侣，公认最最体贴恰当的行为，应该是视而不见，快速走过战区，免得双方尴尬。

可惜事情总是不会那样简单。单就如何才算是在街头遇到情侣吵架时路人最最体贴恰当的行为，坊间便流传着诸多理论，颇是叫人头痛。

毕竟，时时紧跟潮流和最新结论总是叫人心很累嘎。

除公认最为合理的"走开理论"外，还有一部分人认为，愿意在街头就吵得不可开交的情侣，两人中必然至少有一方是澎湃着饱满的表演欲的。此时若是观众们都走得精光，其内心的表演欲未能发散殆尽，那么争吵的气场便无法消退，事情便也无法了结啊。

因此，最最体贴恰当的行为，不仅不该是视而不见，反而应当聚集在情侣的身边，给予他们所非常需要的关注及观看，这件事才会得到合理解决。

与"走开理论"的单纯性很不相同，"观看理论"内部仍有诸多分支流派，相互之间的争执一点都不比与"走开理论"的对抗性弱。

在观看时是否能够插话，是否应该适时劝解，是否可以拍照留念，是否应当呼唤其他路人前来应援，种种细节都值得一一探讨。

叫人深思的是，毕竟越是单纯的道理就越是能够得到彻底的执行啊。所以即便"观看理论"是更令人感兴趣的，但现在几乎所有人都在执行着的，终究还是"走开理论"。

不得不说，"观看理论"是被它自身的复杂丰富性给害了呢。

人声鼎沸的商场中，热汗淋漓的地铁车厢里，大风呼呼对流着的地下通道间，雨水淅沥的购物商场门口……一对对情侣像模像样地争吵着，泪流满面地挥洒着激情，路人们则体贴恰当地迅速走过，不回头也绝不停下脚步。

"你为什么！为什么要这样对我！你说！是为什么！"

"我跟一只猫生活也好过跟你过！呜……"

"啊——哈——啊——啊——"

"来人啊！大家都来看啊！这个负心汉这个王八羔

子啊……"

"不就是买吗？买！来啊！买！买！买！"

"你真的不爱我了吗？你不爱了吗?！你看着我看着看着我你看着我的眼睛跟我说你真的不爱我了吗?！"

"不许哭！听见了吗我叫你不！许！哭！再哭我就消失！"

"有本事你就去找他！你现在就去！我要是拦着你我就是狗！你去啊！"

"呜——呜——啊——呜——呜——"

情侣们不停争吵着的交响乐回荡在城市中的各个角落，充实着城市乐章的高音区。若是没有这部分音区的城市，还真是不太像样子呢。

大概也是因着这样的缘故，当街头怪客先生最初出现的时候，人们的第一反应竟是：哎呀，这个人怎么会做如此不得体的事情呢，真是叫人替他捏把汗。

根据路边新闻社（这是个专门在路边偷听路人的对话并进行报道的全国性神秘地下组织）记者报道，街头怪客先生并非是"观看理论"的信徒，任何一条分支的都不是噢。他完全是出于自己的缘故才进行情侣纠纷调解工作的。

关于街头怪客先生究竟是如何踏上这一条路途的，已经无从考证。如果不是路边新闻社的报道，人们似乎还没有留意到，有一个这样的怪客先生正在悄悄地瓦解着这座城市里默认实施了多年的"走开理论"。

根据路边新闻社一位资深记者的报道——为了证实街头怪客先生的真实存在，这位尽职的记者在城市中各个繁华地带游荡了整整四十三天，甚至不惜每天喊出自己的男友来站在人流量最大的街口大吵一架，最终导致在报道结束后两人分手，让我们向她的职业热情致以敬意——街头怪客先生自己是这样解释的：

"要知道，这个世界上大多数的杀人事件，都是情杀啊。如果情侣间争吵的问题没有得到很好的解决，最后就会演变成谋杀。因此，我这样做，是在降低大家相互杀戮的概率啊。"

出于如此的考虑，我们的这位街头怪客先生便在他每日的闲暇时分，游弋在城市的大街小巷。当看到有正在街头争吵着的情侣，他便会走上前去。自人们开始留意到他以后，能够看到的关于他的行动仍是非常简单的。

人们只看到，他通常会走到情侣身边，拍一拍男生的肩膀，再用一只手掌在女生的眼前上下晃动几下，两人便会安静下来。接下来，人们便看到三个人在一起轻声低语些什么过后，一起并肩走进了某家咖啡馆或者某条小巷里。

这一切，都让街头怪客先生变得愈发神秘起来。关于街头怪客先生实际上具有某种能够令人神昏智迷的特异功能的传说散布开来。相比起他究竟都对情侣们说了些什么，具有特异功能这样的说法显然更叫人兴奋多了啊。

好在这座城市就是叫人安心。无论什么样的怪客都能够安心地生活下去。人们好奇归好奇，谈论归谈论，却从不会主动打扰别人的生活，包括怪客的生活在内。

毕竟，大家都是很忙的嘎。

特异功能小姐

到底是从什么时候开始拥有了这种特异功能了呢。她自己仔细回忆了很长时间还是无法真正得出结论来。一切都发生得那么自然，想起来，没有开头，全是铺垫。

归根到底，还是因为之前她就从来没有把自己的这个"特别"之处当成是什么优点吧。不仅算不上是优点，倒说是烦恼还差不多。大家可不要误会了，她当然是个无比珍惜他人生命的人，但是不管怎么说，自己之外的陌生他人的生命，却要贴身羽衣状地依附在自己身上，换了谁也会觉得压力巨大吧。

她并没有从很小时便发觉到自己的特异功能。这大概是因为她成长在一个父母感情很好的和睦家庭吧，在她年纪尚幼时并没有太多机会去见识真正的争吵或敌意。

作为一个长相普通，但声音却异常清朗而充满磁性的女孩，她一生之中被人夸奖最多的，似乎也就唯有她的嗓音了。

"真的好像是八月份山涧里的清泉水一样润泽呢，无比地降燥。"

"每次一听到，就怪异地觉得生命又充满了能量，好像什么都不担心了呢。"

"糟糕了，现在一遇到挫折就想打姐姐的电话来听，真的是比吃抗抑郁药还要管用啊。"

"这声音就好像是一支定海神针，镇在心里就会觉得出奇地安稳。"

"拥有这样的声音，居然不去做电台 DJ 造福人民，简直是可耻的浪费啊。"

类似这样的话听得多了，她自己也不得不认为，如此普通的自己，确实有着同其他人不太一样的地方。那就是自己的嗓音。那条像所有人一样滑动在喉咙里的声带，毫无理由地创造出了一种让他人感受到宁静祥和的声音频率。

在一群犹如滚石一般浮躁不休的年轻人中，单单成为那一个"定海神针"般存在的人物，说来对她也不是什么难事。

她就是这样的人啊，也不必过分矫饰自己。当朋友愁苦不堪地向她倾诉烦恼时，她甚至也不需要过分组织语言。想到什么就说好了，想不到该说什么的时候，就干脆唱支歌。

总而言之，只要她发出声音，一切难题便会迎刃而解。

要是一直就这样简单地发展下去，她会生活得更加安然吧。做一个很普通，又有那么一点点不普通"特点"的人。

然而，就像情节滥俗但人们百听不厌的故事里的套路一样，富豪家失散了多年的遗腹子总会一朝被捡回认亲，天各一方的落魄情侣早晚有一天街头重逢，隐藏身份的超级英雄终有一日被人识破身份。

对于她呢，那个命定的瞬间，便是她发现了自己的"特点"并非是个简单"特点"的事件。

那个星期四的下午（星期四真是个事故多发的日期，实在该把这一天改为休息日才好，绝对会大大降低死亡率吧），当她被一群面色紧张又有些异常兴奋的同事们推搡着走上公司顶楼天台，还不知道这将是一个改变自己人生的时刻。

财务组的 A 君双腿劈开骑跨在天台边缘的围栏上，靠在外面的一只脚已经晃荡在百米高的半空中。里面的那只脚由于他的腿不够长，非常勉强地踮着脚尖落在地上，这时候来一阵稍稍强劲些的风，A 君应该就可以像朵棉花一样跟随着风一起飘走了吧。

同事们以夸张过 A 君自己声音几倍的大呼小叫填满

了整个天台，以至于她完全听不清涕泪横流的 A 君金鱼样张张合合的嘴巴到底在倾吐着什么。她只能看到 A 君抓着栏杆的手，干干巴巴得好像几根杂草编出来充样子的，随时会被风给吹散掉。

财务组的 A 君跟她在业务上并没有什么交流，但她还清楚地记得，自己跟 A 君是同一年入职的，两个人还曾经一起在同一间办公室内做过一个星期的入职培训呢。

到底是什么叫她走上前去了呢？后来她自己反复琢磨过很多次，A 君也曾问过她很多次。她自己亦无法赞成后来街头怪客先生所说那番关于"命定之途"等等一类的玄乎说法。在她自己看来，那不过是内心里的那尊酿酒器终于开始滴下酒汁了吧。

没错。应该就是这样的了。她唯一能够接受的便是这个答案了。

在此需要简单解释一下特异功能小姐关于内心里的酿酒器之理论。

从很小的时候起，她就觉得每个人的内心世界，实质上都是一尊结构极其复杂的酿酒器。每次我们经历了某种事件后呢，便是向这尊酿酒器中投入了一味配料。有的成为水分，有的成为果料，既有谜样甜蜜却难以辨认名字的珍奇，也有捂着鼻子才能勉强忍受的耳屎般恶心的秽物。不管你投入了什么，最终那尊酿酒器都会滴出酒汁来。与平时不太一样的地方是，这次不管无知傲慢的人类喜欢还是不喜欢，都得咽下那酿酒器里滴出的东西。谁叫那是你自己酿造出来的呢。唉。

在所有同事见到了闪着蓝光的飞碟样的惊诧尖呼中，她走出了人群，向随着空气飘飘摆摆的 A 君走去。

"你不要过来，再向前走我就要跳下去了，我说真的噢！"

也许是因为走出了喧闹的人群，A 君的声音终于能够被她听清了。她也试着对 A 君说了几句很不重要，不重要到她事后都根本记不起的话。听到她的声音后，A 君抖得如轮船小马达一样的身体渐渐平复了下来。

走得靠向 A 君越来越近，她的注意力却只能集中在 A 君身上那一排排尖锐突出的肋骨上面。想来果然在公司里面几乎从来看不到 A 君中午会跟大家一起出去吃饭呢。那么中午大家在吃饭的时候，A 君都在做什么呢？自己一个人偷偷躲在某个角落里加热昨晚的冷便当吗，还是溜到楼后面的路边摊去买一块钱一只馅料来路不明的包子。

脑子里想着这些奇奇怪怪的事情，她的嘴巴还在跟 A 君说着些鸡毛蒜皮的琐事。

她终于走到 A 君身边，抬起自己的右手伸向 A 君。已经完全停止了抖动和尖叫的 A 君，仿如听到了穿花衣的魔笛手那魔笛声的召唤，精气涣散地向她伸过去了自己的左手。

就在两人双手相触的那个瞬间，A 君猛地大叫一声，身体向着特异功能小姐倾倒过去，瘫软在了她怀里。同事们集体错愕定住了三十秒，随后陆陆续续清醒过来，纷纷冲到她跟 A 君身边。

泪痕如纵横的河沟般干涸在脸庞上的 A 君，软炶炶地倒陷在特异功能小姐的身上。同事们分明看到，A 君的脸上浮现出猫咪饱食了金枪鱼罐头后的安逸表情，而从 A 君的呼吸声可以判断，他已经陷入了电击后昏迷的状态中。有好事者掰开了特异功能小姐握着 A 君的手，确认了她手里并没有藏着微型电击棒。

特异功能小姐低头看着瘫在自己怀里如一扇脱水排骨状的 A 君，仿佛听到了自己内心里那尊酿酒器向外滴出酒汁的声音。

pia-da，pia-da，pia-da……

命定之途

世间总是充斥着些叫人想要摔烂抓在手里咖啡杯的怪异巧合。

为什么身为侦探的柯南不管走到哪里都会遇到残忍的杀人事件呢？那些倒霉的又都颇有些情有可原的杀人犯们如果换一个时间作案的话，以那么高超的隐蔽杀人手法，十之八九是可以逃脱掉罪责的吧。

为什么所有想要毁灭地球的外星人着陆后第一个想要攻击的总是美国呢？可怜的纽约华盛顿芝加哥迈阿密洛杉矶，被只认识去往北美洲大陆那条路的外星人炸烂了一次又一次，就连超级英雄本人也难免会觉得外星人就是冲着自己来的吧。

为什么身为以降低人类相互杀戮概率为己任的街头怪客先生便会一再遇到吵架吵到随身携带利器的情侣呢？为什么发现自己是具有能够让一切人放弃自我戕害

的特异功能小姐便会不断见到企图在她面前自杀的人类呢？真是叫人想要扶着额头叹气。

总归还是那句话，自己之外的陌生他人的生命，却要紧紧依附在自己身上，真的是压力巨大嘎。

好在我们这两位正义的伙伴分别都有着自己良好的解压方式。街头怪客先生每天在开始自己正义的工作之前，会站在街头先偷听路人聊天内容三十五分钟。而特异功能小姐则会在解救他人于迷途之前，用四十七罐各色指甲油涂满十根手指及十根脚趾。

让我们想要再次摔烂掉手中咖啡杯的关于街头怪客先生跟特异功能小姐相遇的巧合事件中，我们需要重点注意到的事实是，最先强烈吸引到街头怪客先生注意力的，并不是特异功能小姐能够使一切人放弃自戕的特异功能，而是她闪烁着七彩缤纷指甲油的十根手指。

想要强调这一点，大概是因为像我们这样的凡人，实在是懒得接受所谓"命定之途"这样需要耗费想象力的说法吧，毕竟配色糟糕的指甲油更具有某种说服力。

当特异功能小姐伸出自己至少涂抹了二十余种颜色的右手五根手指走向那个企图跳下地铁铁轨的男子时，

街头怪客先生简直被这五根手指发射出来的异常色彩闪晕了。街头怪客先生留意到，她的涂抹方式是每种颜色只横向抹下细细的一道，这样每片手指甲上都能够至少容纳下五到七种颜色。

在特异功能小姐触碰到企图卧轨男子之前，该男子已经声嘶力竭地冲着自己的女友高喊了将近五分钟。

"你根本不知道我有多爱你我现在就可以跳进铁轨里证明我爱你我这么爱你你怎么可能找到比我更爱你的男人你不可能了但你现在马上就要失去我了你会后悔一辈子但我就是要让你知道我有多爱你可你都根本不知道我有多爱你……"

该男子的女友相当淡然地捧着双臂听着男子的绕口令，理智地与该男子保持一定距离，以防该男子跳下去时一个想不开把她也顺便拖进去。地铁列车进站的灯光从隧道里扑了出来，铁轨上半地卷起了一阵阴风。

被特异功能小姐的彩虹手指闪晕了以至于定住没动的街头怪客先生，眼睁睁地看着特异功能小姐的右手越伸越长，终于触碰到了一只脚已经悬进了铁轨上方的企图卧轨男子，继而眼睁睁地看着该男子在被触碰到的一瞬间仿佛被电击般瘫倒在地。

列车停稳在站台旁，车门打开。人们纷纷抬脚跨过晕倒在地的男子走进或走出列车车厢。

特异功能小姐和晕倒男子的女友合力把浑身软趴趴的该男子拖拽到了远离车门的一根柱子旁。街头怪客先生也走了过去。三个人蹲在晕倒男子身边。

"好像真的晕掉了哦。"女友说。

"没事，一会儿就会醒了的。"特异功能小姐说。

"你的声音好好听哦。"女友说。

"谢谢。"特异功能小姐笑了笑。

女友伸出一根食指戳了戳晕倒男子的脑袋，又戳了戳男子的侧肋，又戳了戳男子的裆部，又戳了戳男子的脑袋。男子始终没有任何反应，只露出猫咪饱食了金枪鱼罐头后的安逸表情。

"没事，一会儿就会醒了的。"特异功能小姐说。

"嗯。你的声音真的好好听哦。"女友说。

"谢谢。"特异功能小姐笑了笑，站起身来走了。

街头怪客先生也站起身来，跟在特异功能小姐的身后。这时候特异功能小姐的彩虹手指已经被她的声音挤出了他的大脑内存。

街头怪客先生感觉身体已经不受自己控制，像是听到了穿花衣的魔笛手吹响的魔笛音，除了要一路跟着她跟着她跟着她走以外，什么都再也做不了。魔笛手还得要支魔笛来辅助，她可是连笛子都不需要哦。

关于街头怪客先生的"命定之途"理论，特异功能小姐始终未能接受并理解的另外一部分原因，大概还是在于街头怪客先生总是难以用平常人类之语言来讲话的缘故吧。相比起异常平实的"这就是命运的安排啊"这样简单的道理，他总是想要"打比方"。我们都知道，像打比方这样的事情，在小学以后再使用起来是多么尴尬的一件事。

"这就是你我的命定之途啊，就好比一只狡猾的兔子在地底下挖了数不清数目的洞窟，最后发现其实每一个洞穴最终都通往了同一个出口。"

街头怪客先生情绪激昂地打着比方，特异功能小姐边走自己的路边笑着看他喷着口水讲话。

"这就是你我的命定之途啊，就好比你想要去埃及，我想要去夏威夷，我们走啊走啊走啊，最后却在安阳相遇了。"

街头怪客先生抡圆了胳膊挥舞出一个尽可能最大的大圆圈，忽然站住了脚步。

"不过这些都不要紧，因为要去哪里并不重要。唯一重要的是，我们见到了彼此。"

特异功能小姐也停了下来，回头看着被自己额头上不断淌下的汗液浇得湿透的街头怪客先生。他看上去好像一朵被施水施过了头的向日葵。

了不起的怪客们

以为接下来可以看到街头怪客先生与特异功能小姐相知相伴，并最终陷入爱河的朋友们大概要失望了。事情并不是那样发展下去的。

为什么两个年龄相当，分别单身，且具有相同"爱好"或说"人生追求"的异性男女，就非得要发展出一段浪漫关系来呢？人生还真是无趣啊，好像人物关系绕来绕去总绕不出那么几种模式，真是叫人头痛。

不过同样的话也可以换一个逻辑来阐述。为什么两个年龄相当，分别单身，更重要的是，在茫茫人海中居然有着相同"爱好"或说"人生追求"（这概率得有多低！）的年轻男女，怎么竟然就没能发展出一段浪漫关系来呢？

细究起这一点来就有意思了。因为阻挡了两人进一步延伸感情的原因，正是最初吸引两人相遇并成为朋友（或说战友）的原因。

"街头怪客先生，人是很好的啦，你知道，那样少见的正义感爆棚类型。只是，他……实在是有点怪啊。每天就那样游晃在街头，说起话来总是比喻不断，也不知道他到底想表达什么……"

"特异功能小姐，当然可以说是鄙人此生中见过最为奇妙的女子了。尤其是她那人间本不该有的声线，还有她之于他人的真切关爱。只是，她……确实有点怪啊。总是把手指涂抹成那样闪瞎人的缤纷色彩，叫人实在感觉难以接近，以及听着她说话总有一种身体不受自己控制的感觉，着实令人不安……"

一个有趣的话题出现了。

我们每个人身上多多少少都会有些怪异之处，哪怕是难以克制地想要了解他人的八卦或者总是渴望触摸他人肌肤这样的小小怪异之处，也可以计算在内。有趣的是，这些小小的怪异之处，经常会强烈地吸引到他人——哦，原来 TA 跟我一样也有些奇怪的小癖好啊——却又成功地阻挡了彼此进一步亲密的机会——仔细说来 TA 这样总归还是有些太奇怪了啊。

不过这样也好，我们就此可以安心地把注意力放在这两位是如何组成怪客团拯救这座城市上面，而不会被什么旁逸斜出的浪漫情事所分心。

作为潜流在这座巨型城市中的诸多怪客小团体之一，他们二人很快确定下来自己团队的发展路向：以降低人们彼此杀戮及自我戕害事件为己任。这样不仅他们自己的团队建设会比较有理有据，也就此与其他小团体分明了泾渭。

街头怪客先生因为长期混迹于街头，因此对于这座城市中各个秘密的怪客小团体多有涉猎。也是在他的介绍和引荐下，特异功能小姐才得以了解这个神秘地下世界之一二。

快递小哥们组成的全城联动信息团体，拾荒人员组成的流动人员消息网络，地下乐队及隐秘行为艺术家组成的黑色文艺复兴城市改造团，探访挖掘都市灵异事件的猎鬼寻魔团……诸多怪客团体涌动在这座城市看似波澜不惊的肌肤下，从微不可见的基因级别里改造着这座城市的发展路径。

与街头怪客先生持续性热血澎湃的体质不同，特异功能小姐的个性和身体素质并不适合长期游走街头。在经过一些日子的思考和研究后，他们两人终于发展出了最佳拍档方式。不得不说这是个阶段性的光辉成果，并在一定时间内便取得了卓越成效。

他们的主要分工如下：特异功能小姐成为城市自杀热线的志愿接线员，而街头怪客先生继续游走在街头为情侣们调解感情纠纷。当出现纠纷过于激烈街头怪客先生已控制不了局面的情况时，他便拨通特异功能小姐的电话以功放功能播放给所有人听。而当特异功能小姐发现热线电话那头的企图自杀者是在已经实施了自杀行为之后（已经服下大量药物／已经割腕躺在浴缸里／已经打开煤气或者烧上炭了）才打过电话来，则会通知街头怪客先生火速赶往现场营救。

我们这两位了不起的怪客们，就这样在人们不知不觉间，将诸多痴男怨女和自我折磨的灵魂从死神的叉子下拔离开了。

并且他们现在有了彼此。没有发展出滥俗套路的浪漫关系也给了他们更多对彼此尽情倾诉的空间。因此他们在偷听路人讲话和涂抹七彩指甲油之外，拓展了茶话恳谈会的新解压方式。简单讲，就是尽管他们大部分的业务只需要通过电话即可完成，但他们还是养成了在每周四和周日（这两天真的是一周内最使人忧郁的日子）晚上见面的习惯。

聊天的内容自然大多围绕着怪客团的业务开展，偶尔也会视二人心情进入其他话题。

"最近总是想要自杀的，大多都是男性呢。真是有点心疼现在都市里的男性啊。似乎生活得特别不易。唉！"特异功能小姐拨拉着咖啡杯里的方糖块，搅和着它一点点溶掉。

"嗯，这样说来的话，争吵得厉害的情侣中，总是闹着要死给对方看的，居然也多是男性为主呢。"街头怪客先生边说着边有些害羞地低下了自己的头，似乎是在代替自己的群体而感到羞愧。

"你说，男人们的身上都发生了些什么呢？我很好奇。有时候听到他们的声音，会觉得全世界的压力都从那些阴沉尖利的嗓音里崩流出来了。"特异功能小姐放下了手中的汤匙，抬起头来，"我当然能够理解，每个人面临的状况都是很复杂的，不论在他人看来是如何不至于寻死的理由，对于另一个人恐怕也是泰山般无法背负的沉重。"特异功能小姐的嘴角沾着一些咖啡渍，随着她郑重的发言而阵阵抽动着，"我只是好奇，大家身上到底都发生了些什么呢。"

"就好比总是在河流中畅游的小鸭子，有天睡醒过来猛觉河流已经枯干，走到尽头了吧。原本还一直以为河水的尽头还有河水，河水的尽头还有大海，谁承想原来也有他样的局面。就好比一往无前的苍蝇，一再顶撞到坚硬的玻璃上面，撞到头晕眼花，但还是想不通为什么不能飞出去。明明眼前就是一片光明啊，有高楼耸立有道路蜿蜒，谁承想竟只看得到却飞不到。大概，发生的就是这样的事情吧。"

特异功能小姐在心里轻轻叹了口气。街头怪客先生总归是没法放弃以打比方来解释整个宇宙的运转形式嘎。她舔了舔嘴角的咖啡渍，低下头拾起汤匙，继续搅动咖啡。方糖已经溶没了。

"对于并不打算深入研究哲学的我们来说，想明白这些确实是有些困难的，但是这并不会阻挡我们前进之决心，对不对？"街头怪客先生用力地握紧拳头，在胸前做出革命者宣誓状。

真的是很羡慕街头怪客先生啊，总是膨胀着如此饱满的热情，那有些可怕的无论遭受什么样的打击都不会被浇灭的谜之热情。谁知道在街头怪客先生的身上，又曾经发生了些什么呢。特异功能小姐回想着在有些聚会的夜晚，街头怪客先生带着被某些情侣愤怒回击的青紫嘴角还继续发表澎湃誓言的样子，抬起头来冲他甜甜地微笑了一下。

Reboot/Infinite Loop

对于像街头怪客先生如此谜一样的人物，特异功能小姐实际上心里始终是充满了困惑的。要想真正切入街头怪客先生的内心世界，大概需要拿出攀登喜马拉雅山的决心来才行。因为越是像他这样看起来热情而外向的人，越是难以触碰到他最为内在的部分。至少特异功能小姐是这样感受的。

在与街头怪客先生较为长期的接触和观察后，特异功能小姐已经发现了怪客先生的身体也像他的内心般充满了他从不会解释的特点。

比如说，他的脖颈左右两侧各有一道深深的疤痕，簇成一个圈状，看起来很像是被人狠狠地扼住喉咙抠陷出来的。比如说，当他穿衬衫扣子解开三颗时，能够看到他的胸前蔓延着一片烫伤的痕迹。

街头怪客先生，显然也是有过激越人生经历的人物吧。特异功能小姐觉得自己同他的情况有很大的不同。对于她为什么会成为以降低人们彼此杀戮及自我戕害事件为己任的怪客小团体成员之一，身体具有着这奇妙的特异功能是最为重要的原因。她因这上天赐予的特异功能而具有了某种无可推卸的责任。

但是街头怪客先生呢，则一定是有其他驱动着他的理由在，而且这驱动力实在是有着永动机般的恐怖能量啊。

如果说还有比这永动机般的恐怖能量还要更恐怖的，应该就是街头怪客先生嘴里总是喋喋不休的那个"命定之途"了吧。这让特异功能小姐最初总无法接受的说法，一次又一次地向他们二人施展着神圣而莫辩的魔法。

周日晚上，大概是仅次于周四以外最令人抑郁的时刻了。想到周六休假时的快乐还历历在目，转眼却要面对周一再次回到现实的工作中，不少人都会感到极为沉重吧。

因此街头怪客先生和特异功能小姐时不时地，也会将他们原定为周日晚上进行的茶话恳谈会改为街头随机救援行动。街头怪客先生也是希望借此机会帮助特异功能小姐更多地了解这座城市和它的市民们。

"总是待在公司隔板间里，就是会变成喜欢把手指甲涂抹得乱七八糟的怪人吧。所以，还是要多出来行走于世间。"街头怪客先生是这样考虑的。

当我们这两位了不起的怪客们在购物中心门口撞见正冲着自己女友胡乱挥舞着水果刀的男人时，他们正在讨论关于加缪先生"真正严肃的哲学问题只有一个，就是自杀"这不负责任的坚定论断。话题正进行到饶有兴致的部分，就这样被水果刀男给打断了。

特异功能小姐发现，街头怪客先生没有发射出平时遇到该样事件时又兴奋又紧张的气息，反而倒吸了一口凉气。

"怎么了，你还好吗？"特异功能小姐关切地问道。

街头怪客先生艰难地摇了摇头："棘手啊，真的是有些棘手。"

特异功能小姐看向水果刀男的方向。水果刀男右手握着一把寸长的水果刀，虽然刀柄是看起来不太像话的乌糟土红色，但刀刃上还是闪烁着蛮有气势的光芒。水果刀男挥舞着他的水果刀，脚步好似醉酒一般碎碎哒哒地踩来踩去。若不是有水果刀傍身，路人一定会觉得他正在跳着某种怪异的广场舞。

街头怪客先生挠了挠头顶，说话的口气好像是自家孩子在众人面前现丑了来赔不是的父亲："这个持水果刀的男子，算得上是我的熟人了啊。"

"哦，朋友吗，还是工作上的伙伴？"特异功能小姐还是头一次听到街头怪客先生讲起任何他称之为熟人的人物。

"都不是啊。这位棘手的先生，每隔几个月便会不可救药地爱上一位女士，一旦求爱失败或是在爱情中受到了挫折，就会像现在这样，在街头挥舞着红色水果刀大闹一场呢。"街头怪客先生歉疚的神情，换作是其他人看到，一定会觉得他同这位水果刀男之间，有着某种说不清道不明的关系。

"哦，原来是这样啊。那还真的是有些棘手呢。"特异功能小姐点点头。她看着还在不停挠着自己的头，头皮屑都快飞落一地的街头怪客先生，觉得现在该是自己出手的时刻了。

就在她向前迈出步子的那一刻，街头怪客先生好像突然下定了决心，挥了挥手拦住了她。

"还是让我来吧。还是由我来好了。"

街头怪客先生说罢，努力调整了一下自己的呼吸，随后张开双臂迎着水果刀男走了过去。

水果刀男见到章鱼般走向自己的街头怪客先生，愣住了十几秒，脚下醉酒般的舞步都暂停住了。

"怎么又是你这个奇怪的家伙啊，真是麻烦死了。"

恢复了神智的水果刀男抱怨着，随后继续开始醉酒般的舞步，只是挥舞着水果刀的方向变成了指向街头怪客先生。

"拜托，这句话怎么着也是该由我来说比较好吧。距离上次事件才刚刚过去多久啊，怎么会又变成这样了呢？"街头怪客先生看了看站在一边被水果刀男吓得浑身发抖的女士，叹息着摇了摇头，"要说在街上胡乱挥舞水果刀，是一点都不会吸引到可爱的女士吧，还是放弃吧。"

"要你管吗?! 要你管要你管要你管吗！你才是怪胎好吧，为什么总要干扰他人的事情呢，老老实实待在家里看看电视上上网不好吗？总是跑在大街上乱管闲事这样真的好吗?! 真是太无礼了。"

"这位先生啊，爱情这种事情……"

"你是不懂的！你哪懂什么叫炽热的爱情。你又怎么懂得像我这样需要靠着真切的爱才能生活下去的人呢……"

"要说起爱情啊，我也曾是被炽热的爱所煎熬的普通人类啊。也经历过差点被爱人活活掐死又侥幸活下来，以及被腐蚀性物质泼胸又挣扎着返回人间，这些惨痛的事件啊。惨痛归惨痛，但你要相信，经历的所有这些波折，不过都是为了让你能够更加精神抖擞地重新起航啊。你看，还是先把水果刀放下来，我们找个地方好好聊一下……"街头怪客先生说着，又向着水果刀男的方向微微走了两步。

"你这个样子，是不行的呀。"水果刀男忽然间变得有些伤感，挥舞水果刀的速率跟脚下舞步的速率都有所下降，"无论爱情，还是生命，总归是我们自己的私事，你总是这样跑过来干涉，是不行的呀。"

"还是先把水果刀放下来吧，之前每次不是也乖乖放下来了吗？快收拾下自己，拿出个男子汉的样子……"街头怪客先生又向水果刀男迈了一点点。

水果刀男环顾了下四周零零落落围观着自己的路人，坚定地吐出了一句不知道讲给谁听的话："今天我就是要告诉你，你这个样子，是绝对不行的！"

说罢，水果刀男手中那把从来只是充充样子的土红色水果刀，向着他自己肚皮的位置俯冲过去。只听见噗叽一声，刀子便没入了水果刀男软皅皅的肚皮里，只留下那杆不太像话的乌糟的土红色刀柄，秃秃地立在水果刀男的肚皮上。一小股鲜血和水果刀男哎哟哎哟的呻吟声一起从肚皮里涌了出来。

街头怪客先生跟特异功能小姐费了半天劲把水果刀男在医院安置好以后，才发现水果刀男近期为情所困的女主角早已不见了踪影。街头怪客先生不得不向医生们解释了半天自己同水果刀男之间并没有什么难以说清的关系，水果刀男也并不是因为同他的感情纠纷才要挥刀自残。

医生露出一副"好的没关系我们理解"的表情反过来安慰街头怪客先生，还说水果刀男并没有什么大碍，那把小破刀子想要真的伤害到人还需要多些力气才行。

"果然，我们这样还是不行的吗？"走出医院的大门，街头怪客先生深深地叹了口气。

一整个晚上没有怎么说话的特异功能小姐，一整个晚上都没有怎么说话。

她不是被任何事情吓到了，她只是在安静地听着自己内心中那尊复杂之酿酒器，向外滴着酒汁的声音。这个夜晚，这尊酿酒器中又被填入了好几样东西。因此，流出来的酒汁，完全变换了味道。

pia-da，pia-da，pia-da……

特异功能小姐清了清喉咙："嗯，之前呢，我也总是觉得有哪里不对劲。"街头怪客先生发觉，此时特异功能小姐的声音尤其迷人，有些不同于以往。

"但是现在，我反倒觉得，没有什么不对劲。"特异功能小姐说着话，做了一件她从未对街头怪客先生做过的事。她伸出自己的右手，握住了街头怪客先生的左手。

街头怪客先生只感觉到一股强劲而轻柔的电流，由特异功能小姐的手指一路通向自己的全身。酥麻感由胳膊延展开向四肢，伴随着被小虫子叮咬样的轻微刺痛感。随后是一阵急促的灼热，十万根烟花在大脑里爆炸崩得他眼冒金光双耳鸣响。他的双腿软了下来，脊柱也很快不听使唤了。

然而这些都不重要。

"我现在才知道。原来，一切本该如此。"

周日深夜依然灯光刺亮的街头上，因为各种各样怪异理由还游荡着没有回家的路人们，看到一位样貌普通的年轻男子瘫倒在马路上，脸上露出猫咪饱食了金枪鱼罐头后的安逸表情。他身边蹲着一位样貌普通的年轻女子，一只手紧握着男子的手。女子的脸上，也流溢着同样莫名的安逸表情。

路人们并不知道，这两位了不起的怪客们，恰是这座城市近一段时间以来，相互杀戮以及自我戕害事件减少的主要原因。他们在这对青年男女的身边走过，继续漫无目标地游荡向各自的方向。

毕竟，大家都是很忙的嘎。

这座城市就是这样子叫人安心。

2016.6 初稿

2017.2 改定

冒牌人生

每天早上醒来，
他基本上都不能确定这一天会有什么事情
发生在自己身上。
不知道今天自己会得到什么工作，
进入哪些场所，
扮演什么角色。
这种不确定性每每让他感觉到欢欣鼓舞。

"那么，就是说，人们来这儿是为了活，我倒是认为，会在这儿死。"

　　一闲下来，就觉出了冷。一觉出冷来，脑子就重新转了。一重新转了，这句话就又飘进了他耳朵里。到底打哪儿看过这句话来着，死活还是想不起。

　　真叫个冷啊，这城。满地都是白花花的，只有给人走的地方全都踩得污脏。

　　又一家。肯定还是没戏。他想着，从裤兜儿里哆哆嗦嗦地往外掏烟，哆哆嗦嗦地点上，哆哆嗦嗦地吞吐着雾气。身上的暗灰色破西装一点儿都不挡风，跟裹了一层纸壳儿似的，随着风的节奏噼里啪啦地碎响着。毕业时候为了面试买的这套儿百块的破西装，心想也就穿个一次两次哪值得花大价钱。毕竟还是没想到从夏天穿到了冬天，从冬天穿到了夏天，又从夏天穿回到冬天。

他观察着从楼里往外走的那些西装革履的人儿们，看他们走到雪地里以后怎么下脚，分别走出什么路线。这个规规矩矩踩人行道，东摇西晃地陷进一个个烂雪泥坑里。那个蹦蹦跳跳地企图跃过烂泥，啪叽一下跳进了表面是冰底下是水的冰窟窿。这个走着小碎步慢慢往前挪腾，身后不耐烦的人纷纷推搡着往前挤超过去。

唉，看来都是有鞋可换的人呢。

他把烟丢进雪地里，烟头噗叽一下就灭了。得走动走动，骨头都要冻酥透了。

往哪儿走呢？往好下脚的地方走吧。

左右瞄扫了半天，发现只有临街商铺的门前被各自商主给扫干净了，留出了一条路来。于是他使劲儿跺了跺脚，沿着这条不知道什么时候就会走到头的干净路溜达起来。

你说，如果大家都觉得来到这儿是能活，为什么自己看在眼里的就是会死呢。话又说回来，如果在自己眼里就是会死，为什么自己还非要赖在这里不走呢。脚下有些漏风，他边走边低头瞧了瞧自己的鞋。早上从地铁挤出来时不留神左脚踩了一脚雪水，说话的工夫就浸透了外面的假皮，本已面皮斑驳的鞋面不知道何时又掉了一块下去。看得出神，越走越慢，终于停了下来。

他哆哆嗦嗦地又掏出一支烟来，哆哆嗦嗦地点上，哆哆嗦嗦地吞吐起。他盼着街上有人出现。他喜欢站在街上看人来人往，看人怎么说话，怎么走路，怎么对待彼此。要是有那么一份工作，就让人站在大街上观察别人也能赚钱就好了。

每天都有好多人在这儿死去又活来的，多有意思。他的整条后脊梁被冷风撩骚得止不住微微抖动，边抖边发出吱咯吱咯的声音。他抖动着脊梁骨，手指冰得快要夹不住烟了。就再站一会儿，就一会儿。烟快烧到头儿了，他放慢了吞吐的速度。

"唉，都等着你呢！急死了！你到底到哪儿了？喂喂喂？喂，喂……"一个穿着黑色西装礼服留着寸头的男人大呼小叫地从他正站在门前的那家商户里冲了出来。

他被寸头男人突如其来的大嗓门吓了一跳，看着男人。寸头男人也看着他。四目相对中，一时间两个人都有点不知所措。

"是不是你啊？"寸头男人把手机放下，问话的口气带着极度的不耐烦和一种胁迫感，似乎此时如果他回答"不是"，寸头男人就会一巴掌扇过来。

"啊。"他原本说出口的是二声，可音节出口落了地，听起来却像是四声。这是他惯常说话的习惯，每个字出口总叫人感觉轻飘飘的，拐着弯儿打着转儿。

寸头男人一下子松了口气，把手机挂断塞进裤兜儿里。男人这口气一松，两个人都放松了些下来。

"哎呀我们都要急死了好嘛，你瞧瞧都几点了，你还有空在这儿抽烟啊。赶紧赶紧，待会儿完事了我给你来几条你慢慢抽！"男人说着话就上前去推搡他。男人一推，他手里只剩下屁股的烟头就从冻得麻了的手指间掉进了雪地里。再一推，他的脚下就变得松垮起来，随着男人往那家商户的门里走。

"唉。"他原本说出口的还是二声，音节出口落了地，仍像是四声。

寸头男人一边推搡着他往里走，一边压低声音在他耳边说："两家的老人儿都是文化人儿，都不喜欢闹腾的，你待会儿不用搞得太闹腾哈，就正正常常地走流程就行了。啥上蹿下跳的都不要，要喜庆且庄重哈。记住，要喜庆，且庄重。"

一走进商铺大门，一股子热气直扑上来，他感觉自己好像是一条冻鱼被投进了一桶热水里。凉气还渗在脊柱和脏腑里，但皮子上猛地烘热了起来。

"行了行了司仪到了！赶紧，赶紧开始，吉时都快要过了！快叫新郎新娘子两家老人就位，这就开始了哈开始了！"寸头男人把他一直推进前厅，放在塑料花团锦簇铺着红地毯的小舞台旁，往他手里塞了一支无线话筒。

"记住了哈，喜庆，且庄重。"寸头男人把无线话筒的开关拨开。

他握着话筒，望了望这个前厅。大厅里摆了十几桌酒席，人们有说有笑，噪音跟光线一样塞满了大厅每个角落。没有人留意小舞台这里在发生什么。

"上啊，哥们儿，等啥呢？吉时啊。"寸头男人用手指戳了他肋骨一下。

"那个，我……"他犹豫了。我不是司仪，不过五个字，但他犹豫了。即便是在犹豫着的当时，他也并不清楚自己犹豫的是什么。

"那个啥呀，哎呀，一会儿完事就给你结钱，保证不拖欠。赶紧开始吧，拖过了吉时我交代不过去啊。"寸头男人又戳了他肋骨一下，见他还在犹豫，索性一把把他推到了小舞台上。

他望着台下嬉笑吃喝的人们，依然没有人留意小舞台上在发生什么。他当然参加过别人的婚礼，他知道婚礼其实到底是什么。来就来呗，反正没人在意的角色，他已经驾轻就熟了。

他低声清了清嗓子，抬起手里的无线话筒："尊敬的各位来宾、亲友，欢迎大家来到这个喜庆而庄重的典礼……这里是花的世界，这里是爱的海洋，这里是满载着幸福的婚礼殿堂……"

所有的一切进行得远比他想象得还要迅速。一直到整个仪式全部结束（其实也不过就一刻钟不到），他才感觉到自己身体内部刚刚暖和了起来，从内到外都散发着热气。头顶上冒着蒸气，后背上冒出的汗把白衬衫紧紧贴在身上。

有几次他真的觉得自己马上就要穿帮了，站在那里不知道该说什么，只好指挥新郎新娘去倒香槟，倒完香槟切蛋糕，切完蛋糕再喝香槟。不过他发现，实际上真的没什么人太在意这个仪式。没有人喊停他，没有人指手画脚，没有人对他蹩脚的场面调度提出意见，也没有人质疑他绵弱气虚的主持风格。

他感到很困惑，甚至抵消了精神紧张给身体带来的反应。

当他以一串平淡无奇，非常程式化的祝词结束了这个堪称草率的仪式以后，大厅内一下子又恢复到之前喧嚣的状态当中。他转身走下小舞台。寸头男人从他手里接过无线话筒，拨到关闭键上，眼皮不抬地问他："怎么着，吃一口再走嘛。"

尽管他已经饿得发昏，也很久没有吃上一顿好的了，但寸头男人的态度明显叫他感觉现在不是个蹭吃蹭喝的好时机。

"不了，先走了。还有事儿。"

寸头男人抬起眼皮来扫了他一眼，打鼻子孔里哼出口气："就知道你还等着赶摊儿去别的场子呢，要不给我这儿那么着急忙慌地就弄完了。"

完了，还是叫人给发现了。他有些紧张，不知该如何应对，只是尴尬地杵在那里。

寸头男人从裤兜里掏出一沓钱来，数出几张抽出来递给他："别嫌少，你今儿这表现也就这价了，再加上迟到，我多少也得扣点叫你长个记性。下次记着，来我的场子，就不能浮皮潦草。"他接过钱，口里喃喃应诺着。寸头男人转身走开前，像想起了什么似的，收住了已经迈出去的脚。男人从另外一个裤兜里掏出了一包喜烟，塞进了他手里。

走出酒店大门，站在半个小时前自己站着的地方，他把那包喜烟拆开包装，取出一根点上。他深吸几口，又吐掉。站了半晌，没觉出冷来。

似乎，很多人并不知道自己在等的是什么，是谁。似乎，不管来的是什么人，大家并不真的在乎。对于等着的人来说，是谁来，可能并不重要，他们只是需要有个人来。对于被等待着的人来说，也许等着他的人的期待在他而言本是无足轻重的。那么像我这样的人呢。人家等的不是我，我来了，对于我来说有什么意义呢？他看着街上走动着的行人，想着这件莫名其妙的事。

他想到了那个爽约没有出现的正牌司仪。那个人为什么没有来？也许临时接到了更重要的工作。也许出门时发现自己的礼服被烫出一个洞。也许堵车堵到心烦意乱索性不想来了。也许只是早上起床时心情不太好今天不想工作了。

不论究竟是什么原因导致这个司仪没有出现，都改变了他接下来的生活。

他开始游荡在这个城市中的各个角落，寻找那些被等待着却又没有出现的人的位置。最初，他还有些生疏，会叫人怀疑，会被人识破，也有过几次被等的真身出现了从而撞破了他的把戏。但是更多的时候，他都成功地掌控了局面，甚至开始对各种状况都越来越得心应手。

最没有挑战性也最易成功的要数各种大型会议和宴会了。摸索了几次以后他就发现，越是庞大的机构，大家越是相互之间根本不认识。而越是大型的会议，缺席的人就必然越多。他所要做的，就是等在大饭店、大会议厅门口，找个时机跟着人流一起走进某个会议厅里。大多数时候，就连签到的环节都没有，如果需要签到，他就随手写一个名字，实际上也根本没有人会查看。等到会议结束了，再跟随着人流，就能进入某个饭店的宴会厅享受免费而丰盛的午餐或晚餐。有的会议还会附赠各种纪念品和礼品。在他驾轻就熟以后，基本上都能顺利地直接混进宴会里，而不再需要忍受漫长而无聊的会议环节。

这种活儿简直是个人都能干，毫无技术含量，只需要穿着整洁外加沉默寡言即可。同理的，还有喜宴、丧宴、各种大公司年会等等。因此，在满足了自己最初的食欲和好奇心以后，这类活儿他就不愿做了，除非心情特殊，或者实在想改善伙食。

随着自己的兴趣，他发展了一些更具难度的工作。选择跟着人流进入更小型的会议。在这种会议上，有时他甚至会被要求发言。遇到自己特别不熟悉的领域，他就信口开河地胡扯几句比较虚的话。偶尔遇到自己感兴趣的话题，他甚至能说上一大堆想法和建议。

再接下来，他开始尝试只要被人认错了叫住，他便充当起必要的角色。他发现这样的事情比他想象得还要多。人们根本不知道自己在等待的是什么人。

为了能更好地接收各类"工作"，他置办了几套不同的行头和配件。穿着蓝色的工人服，拎着一只全件套的工具箱，就会不停被人认作是电工、维修工。穿着黑色西服裤子和白衬衫，就会被认作是房产中介员、餐厅领班。不是大家只愿以貌取人，只是很多时候懒得过脑子而已。他也很快明白了那天自己为什么会被误认为是婚礼司仪，不过也就是因为那身怪异的皱皱巴巴的西服跟脖子间那条红领带而已。

　　他随遇而安，不管被谁认错了都只咕哝出语焉不详的嗯嗯啊啊。他跟着那些迫切需要某个人出现却又不知道需要的是谁的人们，走进他们的办公室、他们的社交场所、他们的娱乐场所，甚至他们的家。面对着那些需要他来处理的问题，他经常会惊讶地发现，自己鼓捣鼓捣，居然差不多也都能解决得了。人们似乎总是过高估计了大多数问题的难度，也过于信任其他所谓专业人士的能力。

　　每天早上醒来，他基本上都不能确定这一天会有什么事情发生在自己身上。不知道今天自己会得到什么工作，进入哪些场所，扮演什么角色。这种不确定性每每让他感觉到欢欣鼓舞。

他开始对生活充满了期待。这在此前，从未出现在他的感受中过。

距离那第一次奇妙的司仪事件后到现在已经过去快一年了，他活得好好的，可以说比以往任何时期都要更好。如果说这一年里他想明白了什么，那就是他彻底想明白了，自己之前二十几年的人生里，其他人灌输给他的"你必须有一份稳定体面的工作才能得到幸福"这个道理是假的。

人需要一个踏实安定的"位置"来确定自己的存在，一个多变世事中相对恒定的"位置"，一个别人无法替代的"位置"。那么那些不想要所谓位置的人可怎么办呢，难道就不能活下去了吗。过去的一年里，他有太多机会，将某次偶遇发展为稳定的"位置"，但他越来越清醒地认识到，自己并不想。

如果说他对自己现在的生活还有什么遗憾的话，那就是他感受到的一股强烈的冲动还无法释放：他想把自己对于生活的这些想法分享给其他人。冷静下来时，他也曾自己分析过，这种冲动到底是源于人对于分享本身难以克制的欲望，还是源于渴望证明自己是正确的想法。

如果只是想证明自己的想法是正确的，那跟其他人又有什么不一样。冷静并非人情感的常态，所以他经常会被自己的这个冲动所折磨。

所有的冲动和欲望都最终会找到一个出口。他也不例外。

他是在一栋写字楼门前捡到了2号的。其实不只是2号，就连3号4号5号一直到9号都是他在写字楼门前遇到的。后来他回想，人还是非常容易对跟自己有着类似经历的人产生同理心，进而产生莫名其妙的信任和亲切感。

在走过去跟2号搭话之前，他观察了2号很久。一边观察，他一边默自感慨，2号真是像极了一年前的自己。在冬日的冷雪地上瑟瑟发抖着抽着一支烟，眼神茫然，下巴僵硬。就连2号身上穿的那套破烂西装，都很像是他曾经也穿过的那套一样。唯一不同的，是2号胳肢窝底下还夹着一个塞得满满当当的塑料文件袋。他能想象，那里面塞满了各种野鸡公司的招聘广告和2号的求职简历。

起先，他还是稍微有些犹豫不决，自己是不是该这样做。在被那想要跟别人分享的冲动折磨着自己时，他已经分析权衡过所有利弊，包括自己已经拥有的这份令他满意的生活有可能会受到冲击和改变的预测。

然而当他看着 2 号这个年轻人的眼睛，那眼神中缓慢向外淌着的绝望，那种缺乏光彩的木然，那种生命力被一点点从身体内抽走的样子。他认为这一切已经与分享和折磨无关了。自己有了责任。

2 号抽完了手里的烟，却仍然站在写字楼门前，没有走动。可能 2 号自己也不知道接下来要去哪里，该做什么。

他觉得，现在是时候走过去跟 2 号说上几句了。经过了无数次与这个城市里的各种陌生人打交道的经验，他知道，在这里没人拿怪人当回事。如果 2 号听进去了自己的话，他就会改变一个人的生活轨迹。如果 2 号听不进去他的话，他也不过就是这城市里面又一个怪人而已。

他踱步到 2 号身边，掏出了一包烟，拍出一根来递给 2 号。2 号没怎么犹豫，木然地接过了烟，点着了。他没有寒暄。你见过怪人会跟人寒暄的吗。他没有寒暄，一边抽着自己手里的烟，一边给 2 号讲着自己过去一年里的生活。说起来复杂，其实也没有那么复杂，不过一支烟的工夫，也就讲完了。

讲完的那一瞬间，他感觉到浑身从未有过的通畅。

唇上淡淡的胡茬儿上，粘着一层白色的细碎的冰粒。他不是一个话多的人，话讲得多了，会感觉腮帮子疼。他看着茫然无措的 2 号，笑着伸手抹去粘在胡茬儿上的冰。他问 2 号，要不要跟他一起去试试看。试试看他的生活。

2 号从他说完第三句话以后就没有再吸过烟。一串长长的烟灰挂在 2 号食指和中指间夹着的那杆烟卷上。挂到重得挂不住了，烟灰自己坠了下来。

带新人入门，自然是从最简单最时效的路数开始。跟着他吃了两顿五星级酒店的宴会餐以后，2 号就基本上手了。接下来，他又帮 2 号置办了几套能用得上的各类工服，教他怎么进入各类工作场合得到不期而遇的工作。2 号学起来非常快，很快就不需要他再带着也能自己工作了。

让他颇意外的是，2 号实际上是一个非常活泼的年轻人。相比起沉默寡言的他来说，2 号几乎像个小话痨。他一天天看着 2 号变得开朗、快乐起来，也一天天看着 2 号干活儿干得比他还得心应手。2 号得助于自己利落的嘴皮子，对于需要倚重表达能力的工作总是做得很顺利。

有段时间，2 号经常游荡在城市各个景点附近，被人叫住就开始充当起临时导游来。这份工作挺适合 2 号的性格，收入也颇丰，一时之间，他觉得 2 号似乎是想稳定下来，把这作为自己的固定工作了。尽管他不会去跟 2 号表达自己的意见，但不难想象，他的心里有些许失落。但是没过太久，2 号就厌倦了每天都去那里，改换了其他活儿来做。他欣喜地感觉到，2 号已经跟他一样，爱上了这样的生活本身，而不是赚取收入而已。

事情确实变得跟他最初想象的不一样，却意外地是比他想象的还要好。有时完成了一天的工作，他跟 2 号会一起找个小饭馆边吃饭喝酒边交流一天的生活。当 2 号眉飞色舞地讲着自己这一天的奇遇时，他会有些不免煽情地想到，自己真的改变了一个人的生活吧。这个年轻人原本的生活已经被什么东西给蚀得坑坑洼洼的了，失去了光彩。而他，重新把那被蚀的，给打磨光亮。

某种神秘的使命感，像摆脱不掉的命运，罩在了他身上。

他是在每月固定一次的团体聚会上第一次见到 47 号的。他还清楚地记得，那天 47 号穿了一条浅蓝色的布裙子，脚上是一双刷得发白但原本是偏棕色的布面球鞋。47

号是 5 号带着过来的。5 号也是个女孩子，是他带的第一个女孩。虽然他此后没有太刻意留意过团队里的性别配比，但他还是注意到，自从 5 号加入后，团队里的女性比例明显大幅上升了。

5 号拉着 47 号走到他面前，指着他对 47 号说："这就是 1 号。一切，都是从他开始的。"随后，5 号又用眼神示意了一下他，"这是 47 号，我已经跟其他人确认过了，排号没问题。"

他看着 47 号，47 号也看着他。47 号看起来并不紧张，也没有像其他人第一次见到他时那样兴奋，她只是沉默地看着他。他冲她点了点头，她便也冲他点了点头。聚会很快变得杂闹起来，四十几号人围坐在一间六十来平米的小屋里，即使每个人都小声说话也足以把噪音塞满整个空间。

他印象中，那天后来他没有找到机会跟 47 号再说话。每次聚会时都有太多事情其他人要跟他商量，问他的意见，或者需要他来调解纠纷。

如果要问他，在最初发展 2 号 3 号 4 号时是否想到了有一天局面会变成现在这样，说想到了肯定是假话。不过当 2 号把 13 号带到他面前，问他能不能让这个兄弟也入伙的时候，他已经隐约感觉到，事态也许渐渐地就会跟自己最初想象的不太一样了。然而他从一开始也没有想过要去掌控什么，就像他为大家开创的这种生活方式一样，不过就是秉着顺其自然的态度。

当每次聚会都有超过二十个人来参加以后，开始有人提出来，该是给大家立点规矩的时候了，不然将来人越来越多，好好的一件事儿可能会就要乱套了。这是 6 号最先提出来的。6 号被单位开除前，是做行政管理的。6 号多次痛心疾首地跟他讲，如果没有点规矩是肯定要乱的，6 号自己在以前的单位就深受其害。

他在心底里，是厌恶这些所谓规则、权威和条条框框的，现在则愈发如此。但出现在聚会上的人越来越多，而大多数人他并不真的了解，他也确实意识到了如果自己全凭心意任事态发展，最后可能会有危及自己跟其他人生活的状况出现。

于是在之后的聚会中，他陆陆续续地向大家宣布了一些规矩，比如：去"工作"过的场所（尤其是宴会和会议），一年内不得再去第二次；不得顶替同样处于困窘境地的人的位置；在同一"工作"场合，如有团队中两人及以上同时出现，后出现的人必须离开；不得向他人暴露团队聚会场所，不得暴露团队人员信息；加入团队一年以上的人，方有资格发展新人加入；如遇团队内部纠纷及外部威胁，需在团队聚会中提出并共同协商解决……

新的秩序，以他没太料想过的方式出现了。所有人都很尊重这些规矩，甚至或公开或私下地不断建议他增添新的规矩。他发觉，规矩，叫人安心。即便他们已经脱离了所谓"正常生活"的轨道，创造了属于他们自己的轨道，大多数人却依然需要规矩和秩序来维持内心的安稳。

一些人离开了，更多的人加入了。离开的人各有其缘由。有的在偶遇中找到了认为合适自己的"真正的"工作，于是选择稳定下来。有的因为想要结婚生子，受到伴侣的反对，于是选择退出，回到茫然无着的求职大军中。但所有的理由在他看来，不过是对他们这种生活方式的恐惧。

渐渐地，不管是离开，还是加入，他都可以淡然接受。他从来没有认为自己可以左右他人的选择和生活。他最多，也不过是给他们提供了另一种生活的可能性。

第一次见到47号的聚会以后，原本他还以为自己跟47号之间，也就不过如此了。毕竟，自打23号以后，他便没有太多时间和机会再去逐一熟悉了解团队中的每一个人了。尤其是那些由其他人发展进来的新人，他大多只是匆匆见过，此后是否再有交集都要看缘分。没想到，在一些因缘际会中，47号却逐渐真正走进了他的生活里。

一直以来他都不太有那种与人结合的渴望，即便在他最孤独无着的时候，也没有。并没有特殊的理由，只是很自然地没有这种渴望。一次酒后，2号拍着他的肩膀，说这可能是因为他童年的家庭生活不和谐，父母感情不佳造成的。但他抗拒接受这种程式化的分析解释。

就像大多数俗套的言情小说里会写到的那样，47号对于他来说，却是不一样的。

那次大的团队聚会之后没多久，他就在一场规模小得多的酒局上再次见到了47号。依然是5号带着她来的。她还是穿着不久前他第一次见到她时的那身浅蓝色的布裙子跟刷得发白的布面球鞋。那天47号刚刚完成了自己的第一次独立工作。大伙儿笑笑闹闹地跟她碰杯，祝贺她正式加入这个大家庭。

他观察着她，发现她的脸上交替浮现出尴尬、欣喜和害羞，而她每次望向他的时候，眼神中都带着疑问。当他们在一起以后，他对她说，就是她对他的这种疑问，最初彻底吸引了他。

因为好奇。因为她对他，感到好奇。喜欢一个人是好简单的一件事，尤其是对于那些容易感到孤独的人来说。随随便便的一个理由都可以让两个人彼此喜欢上对方。他渴望的，却是有个人真的对自己感到好奇，也叫他好奇。

白天，他们出门各自工作。晚上，只要是天不冷得吓人，他就喜欢牵着她的手，在街边散步。每路过一个熟悉的地方，他会给她讲自己在这里做过的或奇妙或怪异的"工作"，她也会给他讲她的。日复一日，他们俩好像两颗飘浮在这个城市污浊空气中的颗粒物，隐形又无处不在。

正是由于他们对彼此具有真正的好奇，渴望去探索彼此的精神世界，于是很快他便已觉察到，她对于他们这样的生活并不真正接受。而且，她的怀疑和抗拒与日俱增。起先，是一些不易觉察的表情，动作，下意识的身体反应。到后来，她变得不爱出门"撞活儿"（他们内部对于找活干的黑话），或者一整天都在街头四处乱走消极怠工。尽管他的收入已经可以支撑两个人的生活，但他也清楚地知道，这件事早晚有个头。

她终于挑明自己想法的时候，是个这城市里为数不多温度适宜的秋日晚上。他牵着她的手，倚坐在一家大酒店底商的咖啡馆门前的栏杆旁。他在给她讲自己在这个咖啡馆里的某次奇遇。

"我观察了那个单独坐在那儿的女人很久，最开始她抓着自己的手机不放，在咖啡馆里不停地四处张望。等了很久很久，她开始变得越来越烦躁。到了后来，倒是不烦躁了。但她眼睛里那种绝望，那种无法言说的羞耻，真的叫人看了难受。我走到她身边，站住冲她笑，她马上邀请我坐在她对面。"他边说着，边伸手指了指某个座位，示意 47 号当时他们就坐在那里。

47 号点了点头，神情飘忽，像是在认真听，又像是魂已经不在这儿了。

"那天那个女人跟我聊了很久，大概得有两个多小时。她还请我吃了挺好的一顿午餐，又喝了咖啡。她给我讲她的工作，她喜欢看的电影，她爱吃的甜品，讲她是如何被家里人轮流逼着相亲，她妈妈如何下了如果今年过年还是一个人就不要回家过春节的最后通牒。我一直听着，说些不痛不痒的话。我感觉自己无法安慰她，说什么都安慰不到。即便我真的愿意跟她好，做她的男人，过年陪她回家，甚至最后娶了她，也都还是一点安慰不到。"

听到这里，她回了回神儿，望着他。又来了，又来了。她眼神里的那种疑问，那种好奇。他把头扭向那个咖啡馆，继续讲着。

"最后那个女人可能到了不得不离开的时间了，准备跟我告辞。我很少那么冲动，但那天我没有忍住。她起身前，我跟她说，其实我不是你以为要等的那个人。没想到她笑了笑，说，她知道。我愣了一下，但很快反应过来，有些可笑地企图最后一次安慰她。我对她说，那个没有出现的人，错过了你是他的损失——我没想到自己情急之中只想到了这么滥俗的一句破话。她又笑了笑，说，谁说不是呢。"

"你真的觉得，这样下去靠谱吗？"47号突然间就来了这么一句，没头没尾的。她把自己的手慢慢地从他的手心里抽了出来。

"有意思的在这儿呢：她已经起身穿衣服准备走了，我能感觉到她一边穿衣服一边还有话想跟我说，但始终扭扭捏捏地不敢开口。最后，她已经穿好衣服拿好包没有了任何拖延的理由了，才磕磕巴巴地问我，唉，你是那个吗？我有些不知所措，还是借助她的眼神才反应过来，这两个半小时里，她一直以为我是个牛郎。不过想想也是，不然哪个人才会无缘无故被女人叫住就停下来陪人吃饭聊天呢。"

"我知道，你觉得这样生活挺好的。但我就是……我这段时间老忍不住要琢磨这事儿。你说，我爸妈辛辛苦苦供我读了四年大学——虽然也不是啥好大学——但我毕业了就干这种事儿，这真的靠谱吗？"

他把自己温暖略带汗渍的手伸向她，她向后缩了一下，他就把手收回来了。

"没人真的在意其他人，在这座城市里。没人，真的，在意。慢慢地，连自己也都没那么在意了。"他把自己温暖潮湿的左手，拢在自己同样潮湿温暖的右手上。

"有时候你说这些话的时候我真的很爱听。但也真的，不知道你到底想说什么。就像咱们现在干的这些事儿。说实话我真不知道成为你原本不是的人有什么乐趣可言。还不是真的成为，只是装着成为。"她松了一口气，似乎是奖励自己终于挑明了这些心里话，"你能不能跟我说说，你最后到底想要干吗？这样下去能有什么结果。"

怪异的毛茸茸的感觉爬上了他的身体，就像这个城市秋夜里常见的毛毛虫一样攀了上来。他恍然觉得，从这一瞬间开始，他跟她之间的关系，便不再具有了浪漫色彩，而是变回到了 1 号与 47 号。

"我也不想干吗。似乎也没有什么结果。这世界，这座城，bug 实在太多了。大的 bug，像我们这样的人只有一声叹息，但是小的 bug，其实我们可以手动重新配置不是吗？我想要手动重新配置这个不合理的世界，就是这样。这大概是属于像我们这样的人的新的正义。"

47 号把手伸向了他，在他的手上很客气地覆了一下。随后她站起身来自己走了。

他知道，等他回到家，就会发现 47 号已经带着自己的东西搬出去了。她会从明天开始重新去找一份稳定的工作，相亲、结婚、生孩子，为了这个根本不需要她的城市燃烧着自己的青春和生命。

但此刻他最在意的已经不是这个了。有些东西，在你不逼迫自己去归纳为成形的言辞之前，尽管它也存在，却不具有自己的身体。当你在某个瞬间——几乎可以是任何时刻，在任何环境中——赋予了它具体的形态后，它竟刹那间升华为你灵魂的一部分。

他回想着自己刚才的一番话，明白过来，这便是自己的那一个瞬间。

是啊，手动重新配置。是啊，像我们这样的人的，新的正义。是啊，是啊是啊。

全新的使命感驱使他重新看待这一切。他的团队开始以两倍、三倍于以前的速度发展起来。悄无声息，如水蔓延。

什么"位置"，皆为谎言。这从来是个骗局，叫人安心归服于不属于自己的空间。被需要着的人们，毫不在意他人的渴望。那些不被需要着的人们，为何不能手动重新配置。

"人们来这儿是为了活，我倒是认为，会在这儿死。"

他偶尔还是会想起这句话。到底从哪儿看过这句话来着，死活还是想不起。然而现在想起这句话，已渲染上了不同的色彩。这读书读来的话，再好也不过是个开头，他需要自己来续上下面的词。

至于结尾是什么，还得慢慢等着瞧喽。

他们悄然扩充着这个城市，开拓着这个城市，也安抚着这个城市。

他逡巡在这城市的各大商场中、各条街道上、各色楼宇间，时而会与自己团队的人不期而遇。大家并不会打招呼，只是相互点下头，随后各自散去。带着某种心照不宣的神秘感。

这隐秘，叫他感到快乐。

2015.11—12 初稿

2016.7 改定

忘 川

时间就是这里唯一的风。
轻轻拂动着水面和草窠，
拂动着男孩的发丝和女人的衣领。
在已经愈发模糊的记忆里，
男孩隐约记得自己该是个好动的家伙。

若没有人笃定地告诉你这是河，便没有人能看得出这是条河。河水无边无界地包裹住天际，包裹到挤出去了所有空气。能垫得住人脚底板，让人踏实的泥土地，也被这河裹得不敢言语，仿佛陆地反而轻飘飘的。风自四面八方吹来，吹到这里，像是一瞬被河吞进了肚里。于是没有任何声音。

静谧的河面辐散着微弱的红色荧光。太阳也被河给吞掉了，所以荧光并不是从外面反射而来。那光来自河底。均匀透亮的红光层层绽开，水滴挤挤挨挨地，把这光自深不见底的河心，一点一点顶到了河面上来。那河里到底藏着什么呢。风不肯动，河水也不肯动，只有浅浅的甜腥气在跳着舞。

蹲在河边的小男孩想要找到块石头丢进水里去。他伸着肉乎乎的两只手，在草窠间摸索着。土地工工整整，像他的田字格作业本。没有石头。大的没有，小的也没有，就连结实一点的土块儿都没有。摸索了半天，除了两手沾满泥土外一无所获，男孩有些丧气，跌坐在草窠里。

男孩想起每次爸爸带自己在河边玩儿时，必定会跟他比试谁能将石块在河面上打出水花更漂亮距离更远的水漂儿。这样好看的河，竟然找不到能打水漂的石块，那这河再漂亮也没劲透了。对了，爸爸在哪里，男孩左右打量。男孩越是四处看去，越是觉得这河不止是阔得吓人，而且，它仿佛还在长。河水像是长了嘴，一口一口地向河岸上吃着。眼瞅着，河水就要漫到男孩脚边上了。

他低下头，看着浅红色水面上自己的脸。哎呀，怎么这样黑。妈妈看到一定气死了呀。水面上映着一张乌黑的脸孔，乌黑的额头，乌黑的鼻子，乌黑的嘴巴，只有牙齿还是白的。男孩连忙把手向水面伸过去。得趁妈妈发现自己之前把脸洗干净，不然可有得受了。河水长了脚，男孩一伸手，水就向后退。男孩向前爬两步，水又跟着他退了两步。男孩觉得这怪异极了。比草窠里没有石块还要怪异得多。他只好老老实实地坐下。没过一会儿，河水又重新漫回到他的脚边。

他的耐心马上就要耗光了。自己已经等在这里很久了，爸爸和妈妈还没有来。虽然一点都不饿，但是什么都没得玩，难道要一直这样等下去吗。男孩有些烦躁，他想不起来自己为什么要在这里，到底是在等谁。他甚至有点想哭。胳膊上也是乌黑乌黑的，真不知道是怎么搞成这样的。他用手指抠着胳膊上糊着的那些乌黑的东西。抠下来小拇指甲盖那么大一块，他放进嘴里尝了尝。一股烧焦的味道。这味道似乎让他想起了什么。浓烟。呛鼻的味道。灼热。剧烈地咳嗽。尖叫。他呸一口把嘴里的东西吐了出去。

我想回家了，今天的作业还没有做完。男孩想着，站起身来。我都这么大了，我能找得到回家的路。他决定沿着河边走。爸爸说过，要是在森林里迷路了，一定要沿着河边走，就能走到大路上，就能回家了。刚才嘴里那股烧焦的味道，让他再也不想这样等下去了。

这河，可真是大啊。简直比海都大。男孩见过海，爸爸妈妈带他去海边儿玩过。要不是这河水总是纹丝不动的，那真是比海都厉害了。海水跟这可不一样，海水总是在动着的。海水也不会躲着人。男孩觉得自己走出了很远，可是河水还是那样的河水，草窠还是那样的草窠，感觉一切都没有变化，自己仿佛在原地踏步。要是非说有什么不一样，就是男孩看到自己前面远远的，有一个黑点。可能是一条船呢，也有可能是一匹马。男孩想着，向那个黑点走过去。

黑点越来越大，开始在男孩的视线里摇晃了起来。离得越近，晃得也就越厉害。是一个摇摇晃晃的人。男孩迎着那个人走去，那个人也迎着男孩摇晃过来。是一个摇摇晃晃的女人。女人看起来三十多岁，脸色黑青黑青的。

你身上带着水吗，小伙子？女人摇晃到男孩身边，迫不及待地张口问他。

男孩摇了摇头。两个人望了望浅红色的水面。

好渴啊。女人舔了舔自己干裂的嘴唇。这水又总是够不到，咋还摆在那儿馋人哩。

女人叫他小伙子，这让男孩儿很喜欢。这个词有种魔力，让男孩对自己重新充满信心。他一点都不想哭了。

我想洗把脸来着，也是够不到呢。男孩赶紧分享了一下自己的经历。

怪得很哩，怪得很。女人看着男孩乌黑的脸颊，忍不住用手过去抹了一把。咋玩儿成这样子唡，你妈呢。

不知道。

我也不记得好些事儿了。一开始好像还记着点啥来的，心里火烧火燎地难受来着，可沿着这河边走啊走啊，就走得啥也不太记得了。

前面儿有什么。男孩问。

啥也没得。女人摇了摇头。走了好几里路了，还是啥也没得。

这句话像是抽走了女人最后一点力气，她软绵绵地软到地上了。男孩望了望前面，又望了望水面，坐到了她身边。

哦对了。女人眼睛忽地一亮，马上又暗了。有个老婆子，走路一拐一拐地，舌头那老长，耷拉在嘴巴外面。怪吓人哩，我可没敢搭话。

时间就是这里唯一的风。轻轻拂动着水面和草窠，拂动着男孩的发丝和女人的衣领。在已经愈发模糊的记忆里，男孩隐约记得自己该是个好动的家伙。但此时，在此地，万物同水面一样宁静。男孩觉得女人和自己聊天说的话，从牙缝里飘出来以后，似乎会驾着马车在空气里飞上很久，然后才会落回到彼此的耳朵眼儿里。但没有关系。虽然没有人说出来，但似乎，在这里，一切都没有关系。

来这儿之前，我好像刚做了个梦哩。女人笑了起来，黑青的脸上浮起些暗沉的血色。梦见我骑在一条大鲸鱼的背上，大鲸鱼带着我在海里面儿，游啊游啊。大鲸鱼会说人话哩，一边儿带我游着，一边儿还给我讲呢：哎你看，这里是法国，那个尖尖儿是大铁塔；哎哎你看，那个是意大利，旁边是土耳其，烤肉要不要来一个。

意大利旁边，不是土耳其啊。男孩记得这个，老师在学校讲过。

哎呀，就是个梦嘛。女人在男孩脑门上弹了个脑奔儿。晓得啥叫梦不，在梦里怎么都是对的，意大利旁边就是挨着土耳其。男孩揉了揉自己的大脑门。爸爸妈妈从来没有这样弹过他，他感觉很新鲜。

大鲸鱼一边带着我游啊，一边跟我讲，他带着我去了好多的地方。好多的地方，我都叫不上名字来，就坐在他背上这个笑啊，得意。讲着讲着啊，他就问我了：我说啊，要不你就别回去了，跟我一起周游世界吧，只要有海的地方，我们都能去。

你怎么说的呢？男孩问。

我就犹豫了呢。你说这海啊，没有手没有脚的，四处都连在一起，也不晓得哪里是哪里，总叫人心里怪没着落的。女人皱起了眉头，似乎真的在为梦里的抉择而费尽脑筋。这时候大鲸鱼就又说了，哎呀，你不要担心了，反正在家里你也没啥牵挂了，你就跟我走吧，我们可以四海为家。一听大鲸鱼说这个，我就不犹豫了。我就骑在他背上，我们一起继续游啊游。

一个海都让你不踏实了，四个海你怎么就不怕了。男孩说着，嘎嘎笑了起来。这个阿姨讲的故事，跟妈妈讲的特别不一样。妈妈的故事听起来都特别有道理。可这个阿姨呢，她的故事乱七八糟，估计交作文的话老师肯定会给打不及格。但听起来，还真是有意思呢。

我就是喜欢"四海为家"这个词儿。也不知道咋的，就是喜欢。四 —— 海 —— 为 —— 家 —— 听起来像九月的天儿那么大气哩。女人摇晃着脑袋，把这四个字翻来覆去念叨了好几遍，听起来像在诵读三字经。

后来呢，大鲸鱼是不是把你吃进肚子里了？男孩问。

女人愣了一下，茫然地摇了摇头。不记得有这档子事儿。他为啥要吃我？

你身上，还有你嘴巴里，有股臭鱼烂虾的味儿。我还以为是大鲸鱼把你吃进肚子里了呢。男孩一脸认真地给女人分析着。爸爸给我买过一本画册，有一页就画着一只大鲸鱼的肚子里面。他肚子里全是吃进去的鱼虾螃蟹什么的。鱼虾螃蟹都死掉了，烂在他肚子里头，看起来应该就很臭。

女人薅着自己的衣服领子，凑到鼻子下面闻了闻。然后又把手拢成碗状，捂在口鼻处，哈出一口气来闻了闻。她笑着摆了摆手，不知道是想驱开自己嘴里呼出来的秽气，还是想驱开自己的羞赧。哎呀，还真是的。那可能大鲸鱼后来真是把我吃进肚子里了。我都不记得了。男人都是这样子，最开始说得好好的，最后都是蒙人的。

不是大鲸鱼吗，关男人什么事儿啊。男孩有点不乐意。他刚刚从小男孩升级为小伙子，听不得别人对自己所处的集团表达不满。女人哈哈大笑着，又在他脑门儿上弹了个脑奔儿。这个比前一个还要脆亮，男孩哎呦叫了一声。

两个人的说话声、笑声，就是这里唯一的声响。河水没有吞掉他们的声音，任它们在天上飘着。声响慢慢地把板结成块状的坚固空间撬开了一丝裂缝。裂缝外面是什么呢。

你说。男孩用手抠着草窠下的泥土地。会有人来找我们吗。

也许会吧。女人抓起男孩伸进土里的小胖手。你挖啥呢。

这里连个硬点儿的土块儿都没有。都打不了水漂。男孩的语气里带着委屈。

女人想了想，在自己的头发里摸索起来。女人的头发又长又硬又黑，麻雀巢一样盘在头顶，她的手在里面乱抓一气，男孩似乎能听到手指弹拨到钢丝时发出的声音。哈，有了。她终于从乱糟糟的头发里抓出了一块圆形的东西。

是一支圆形发簪。伸入头发的簪齿部分已经磨损得只剩下男孩小拇指那么长。女人把簪齿一一向后弯别过去，贴合到圆盘状的簪身处。等到女人处理完，发簪就只剩下那一块圆盘了。女人把圆盘递给男孩。

圆盘落在男孩手心里，轻飘飘的。不知道原本是锡制的，还是铝制的，总之不像是铁，更不是银。就连这圆盘上，也有股子臭鱼烂虾的味道。可男孩不在意这些。他咧开嘴，冲女人笑了。

男孩站定在浅红色的河水边，双脚叉开一肩宽，身体微侧。右手持圆盘，向后向高扬起，左手自然下垂，微抬起蓄住势。他眯起双眼，瞄准前方预定的飞翔路线。吸气。右手用力将圆盘抛出，在圆盘即将离手的瞬间，手腕略微翘起。

这是男孩父亲从小时候开始就最喜欢的一项游戏，也早就成为男孩打小最喜爱的。他喜欢的，是每次一跟爸爸玩儿这个，爸爸就变成了个比自己还要小的小孩子。

圆盘在空中划出了一道乌黑的曲线，完美得好像教科书里画着的黄金抛物线。一切都在掌控中。飞翔至顶点，而后下坠。冲入水面后，应借助旋转产生的动能再次跃出水面，周而复始三四次。男孩的爸爸甚至可以做到让石块跃起七八次。

出乎男孩预料，圆盘触碰到水面后，并没有扎入水中。圆盘悬浮在浅红色的水面上，冲力使其向前继续滑动了几米。然后，停住了。水面仿如最冷的冬日里冻结起来的冰面，稳稳地接住了那块圆盘。河底的红光，还是一层一层不断向上顶着。乌黑的圆盘，也染了满身的红色。

怪得很哩，怪得很。女人咂着嘴巴。

就在她说着这话的当口，圆盘消失在水面上。男孩看得很仔细。不是沉没入水底的那种消失。是凭空消失的消失。只一个呼吸间，平地不见了踪影。

男孩有些颓丧地坐回女人身边。他的鼻尖上都冒出汗来了，泡软了鼻子上的黑灰，泛起了泥样凝块儿。

这水，就是长着嘴哩。女人摇晃着脑袋。

这水啊，不是长着嘴，这水是想让你把不该记着的事儿，都忘了嘞。颤巍巍的声音自两人头顶飘过来。男孩和女人双双抬头，看到一个太婆站在两人身后。太婆挂着桃木拐棍，背弓起高高的，舌头耷拉在嘴巴外面，险些要掉下来了。女人吓得赶紧回过头，小声对男孩说，这就是刚才我见到的那个吓人老婆子，还是跟过来了。

你的舌头长得都要掉出来了，太婆。男孩指着太婆的下巴说。

太婆伸手拽了拽自己的舌头，像是想把它塞回去一点。可舌头肿胀着顶着嘴唇，完全没有要回去哪怕一毫的意思。塞了几下，太婆把舌头放开，任它垂着了。

是呢，都要掉出来了。太婆的舌头虽然堵住了大半张嘴，但说话还是蛮利索清爽的。让人不由得去想，这张嘴年轻时候，得是多俏皮麻溜呢。

你是得病了吗，太婆。男孩扬着头。

得病也不怕了。现在啥都不怕了。太婆说着，笑了起来，舌头跟着嘴巴动着，像男人胡子似的抖着。

太婆把手伸到男孩头顶，摩挲着男孩沾满黑灰的头皮。真是叫人心疼啊，这么小的娃子。

被太婆的手这样一摩挲，男孩才感觉到，自己的头发硬得像木棒似的，硬刺刺地扎在脑皮顶。太婆的手，冰凉冰凉的，拂在头皮上，一阵清凉。男孩想起自己的外婆，也总是喜欢用手抓挠自己的头皮，企图在里面找到些城里早就绝迹了的虱子。

老太婆，看样子，你知道这是什么地方。女人还是不敢抬头看太婆，眼睛盯着水面问道。

记得的不多，忘了的不少。记得牢也没啥用，反正早晚要忘掉。忘了好啊，早忘早了。太婆用桃木拐棍磕磕地，草窠里发出闷噗噗的声音。

太婆你说话好像绕口令啊，真好玩。男孩拍起手来。

你们干啥不继续往前走呢，在这儿坐着等啥子。快起身，继续往前走吧。太婆用拐棍末端轻轻杵了杵女人的肩膀，想喊她起身。

女人不动弹。我们不知道要去哪里。男孩抢过话茬，我在这等我爸爸妈妈来接我。

太婆沉沉地叹了口气。这口气像是从她肚子里生出来的，在肠子里七拐八绕地转了许久，穿过各路脏器，才终于吐了出来。

好孩子，起身吧，听太婆的。咱们得一直往前走，走到头儿，穿过桥，到对岸去，一切就都好了。

男孩听了有些兴奋起来。太婆，我爸妈在桥对面等着我吗。

太婆嘴里嘟嘟囔囔的，没人晓得她在说些什么，她边嘟囔着边不停点着头。男孩马上跳起来，伸手去拉坐着不动的女人。起来吧，太婆说了，过了桥一切就都好了！男孩把女人拉起身，他才看到女人的脸色很不好。

老太婆蒙人呢，过了桥也好不了。女人阴沉着脸皮。她似乎想起了什么。这想起的东西压住了她的身体。

不要当着小孩子面说这个。太婆用拐棍敲了敲女人的小腿。敲完了，太婆拄着拐棍先挪腾开脚步。男孩紧跟在她旁边，女人不情愿地趿拉着脚步跟在两人身后。男孩端住了太婆没有拄拐的右胳膊，搀扶住太婆，太婆走路就不那么摇晃了。我不是小孩子了，我是小伙子。男孩扶着太婆的胳膊，认真地对太婆说。太婆的舌头又像男人的胡子一样抖起来了。好呀好呀，是小伙子，是小伙子，太婆说错了。

说不定，等我再睁开眼皮，就是个法国人了。女人走了几步，忽地又欢快起来。

我可不要当法国人。男孩说得异常坚定。我妈说，法国人身上总是一股臭味儿。而且法国人心眼儿多着呢，我妈顶不喜欢法国人。

你妈还见过法国人哩。女人惊叹，嘴巴里啧啧地咂着。

那当然了，我妈常去法国出差呢，还带我去过一次呢。男孩得意地扬起头。

啧啧啧，了不起了不起，你妈比我那大鲸鱼还厉害噻。可我就是想当法国人。身上有味儿，就多喷点香水儿呗。

你以为法国就没有农村啊。太婆说道。难道法国的农村就能比咱这好到哪里去。

女人翻了个白眼。那我就生到法国的城里头，那个，那个尖尖的大铁塔。是埃菲尔铁塔，男孩补充。对，埃菲尔铁塔，那个城里头！是巴黎，男孩又补充。对，就去巴黎！女人心满意足地点头。

太婆不搭腔了，也翻了个白眼。

太婆，你是怎么到这儿来的呢。男孩指了指女人说，她是坐人鲸鱼来的。

药儿子，绳儿子，水儿子，个个都赛过亲儿子。是绳儿子带我来的。太婆又沉沉地叹了一口气。这口气，还是从肚子里生出来的。

老太婆，你这话就适合当着孩子面说了吗。女人这话抛出去，似是抛出一张捕获声音的大网，一下子把三个人的声音全部捕走了，就连脚下踩着地的声音也叫人听不见。

浅红色的水面没有一星气味。没有男孩平时去玩的河边那种水腥气，没有河中水草的清新气，也没有鱼啊虾啊这一类的河鲜气。这河底，怕是架着一口巨大的锅子吧，把所有水都在里面煮了个滚开，煮掉了所有的气味。男孩能闻到唯一接近河水边的味道，便是女人身上散发出的臭鱼烂虾气。

给太婆讲讲你最开心的事儿吧，太婆想听听。现在不讲，再走一会儿怕是要给忘掉了。太婆忽然开口道。

我才不会忘呢，我记性可好了，老师都经常夸我记性好。男孩兴奋起来。最开心的事儿，我有好多开心的事儿啊。但是细细地去想，却有好多事情是模模糊糊的，像男孩每天早上刚睁开眼糊着眼屎时看到的世界，白花花的，看不清晰。

男孩思索着，不知不觉地，右手大拇指就伸进了嘴里。这是前几年换牙时留下的小毛病，男孩总是忍不住想用刚冒出的嫩牙去啃手指甲。妈妈纠正他这个毛病费了好大的劲儿，现在他偶尔还是会在失神的时候做这个小动作。

去年妈妈过生日的时候，我们全家一起去动物园玩儿。男孩终于想到了一件最开心的事儿，他的眼睛放射着浅红色的光芒。我们一路走啊，玩儿啊，我第一次看到了粉红色的火烈鸟，爸爸还给我买了一只跟真的火烈鸟一样大的毛绒玩具呢。等到我们玩儿得都要累死了，妈妈坐在树底下歇着。爸爸忽然像变魔术一样，变出了一个生日蛋糕！那是头天晚上，我跟爸爸半夜偷偷起床亲手给妈妈做的。妈妈一下子就开心地哭了，然后又笑。我们三个就坐在树底下吃那个蛋糕。

女人的嘴巴又哑吧了起来。火烈鸟是啥鸟，是粉红色的呢？啥味道？

太婆摇晃着脑袋，舌头也跟着左右摆动，像拨浪鼓的鼓槌。多孝顺的孩子，让人心疼啊，心疼。男孩不知道这个太婆，为什么总是心疼，他忍不住把手伸到太婆的胸口，给太婆揉揉，想叫她不要那么疼了。果然，揉了几下，太婆就不再叫疼了。

阿姨，你也讲一个最开心的事儿吧。男孩对女人说。我们每人都讲一个。

我没啥开心的事儿，整天都是不开心的事儿。女人撇着嘴说。

不可能！肯定有的，怎么会有人整天都是不开心的事儿呢，你再仔细想想。男孩摇着女人的手臂，似乎摇一摇，那些开心的事儿就会从女人的胳膊里，摇出来了。

就是没有啊，就是不开心啊，要是整天有开心的事儿，谁要灌了药到这里来。女人话音刚落，太婆便抬起拐棍来使力敲了敲女人的小腿，敲得女人痛了，跳着脚小声叫，嘴里直哈气。哎呀哎呀好了好了，我想一个我想一个。

女人嘴里嘶嘶地吐着气，摩挲着自己的小腿。她想，自己还是有开心的事的。至少有一件。这件最开心的事儿像是别在她胸口下面的鲜花，每次低下头就能看见，不低头的时候，也能闻见花的香气儿。

有天晚上，我做了个大美梦。不是大鲸鱼的那个美梦，是另外一个，比大鲸鱼那个大美梦还要大，还要美。我梦见，我买彩票中了头奖！一个亿啊，一个亿！妈呀，在梦里我那个美呀，那叫一个开心，简直感觉自己站都站不稳就要飞上天去了。在梦里我就开始筹划了，这一个亿我可到底得怎么花。估摸着是因为这个美梦实在是太美了，第二天早上我醒了，还没发现那是个梦，好像一切都是真的。那一天，我简直是活在人间仙境里头啊。虽然那天我还是像平时一样干活，过平常日子，但我心里头跟平时可不一样啊。我可是有了一个亿的人。我那叫一个美，看啥啥都是漂亮的，干啥啥都是顺心的。我偷偷地没有把这喜事告诉任何人，我怕人知道了都跑来跟我借钱。我那么多的花钱计划里，没有其他人什么事儿。等到了晚上，我又做了一个梦，这个梦，把头天晚上的大美梦给挤跑了。等待再起床，我就知道，那些都是梦了。

有时候早上我刚起床的时候，也以为自己还在梦里头呢。这时候我爸就会拍我的屁股，捏我的脸蛋，把我叫醒。男孩说。

要是你有一个亿，你打算怎么花。女人问男孩。

男孩琢磨了几秒钟。我要开一个动物园，里面有全世界各种各样小动物，所有的小动物都有。

妈呀，那一个亿估计是不够吧。女人咧开嘴笑起来，她嘴里的臭味儿迅速填满了三个人的空间。

要是不够……要是不够就让我爸妈再添一点吧，他们也最喜欢小动物了。男孩摇了摇太婆的手臂。太婆，你也讲一个吧。

太婆竟像个小女孩似的害羞起来，咻咻地笑着，身子都在跟着一起微微地抖动着。太婆的故事没出息，你不要笑太婆。

哎呀太婆你就讲嘛，我们才不会笑你的。男孩摇晃着太婆的手臂。

讲讲讲。太婆啊去年有一天，是个什么节来的。应该不是春节，是个别的什么节。我自己也从来不过什么节，但是逢年过节的，给我家死掉的老头子上个香洒点酒吃，老头子最爱喝酒。太婆从来不喝酒，那天啊，也不晓得是哪根筋不对头，忽然就想，我也尝它一杯吧。舔了一小口，辣舌头。也不晓得是哪里来的劲头，一仰脖子给干掉了。我的妈呀，那真是从嗓子眼辣到肠子肚儿啊。可把酒杯放下没几会儿，就觉得整个人啊，轻飘飘的，晕乎乎的，好叫一个舒服啊。然后就又来了一杯。这一杯接一杯的，不到半晌，那瓶酒就被我喝干了。我这才知道，我家老头子到底为啥那样爱喝酒。我这辈子啊，都没有那样轻松过。什么也不用想，什么也不用操心，就那么轻飘飘的，晕乎乎的，好叫一个舒服。太婆想天天都那样舒服。从那天开始，我只要有钱买的时候，就天天都要喝酒。

太婆讲完，自己先扑哧扑哧地笑起来。男孩答应了太婆不会笑她，可是看到太婆自己笑得那么开心，男孩也跟着笑起来。

好呀，可真是好呀。太婆虽然边说着这话边叹气，可听起来的口气却带着真正的满足。

什么好呀，太婆。男孩问道。

这里好呀。太婆缓缓把胳臂抡了个大半圆，划过了草窠，划过了那河。

这里有什么可好的，这古古怪怪的河，吓人着哩，看不出有哪里好。女人拱着鼻梁，额头上的川字纹马上皱作一团。

太婆摇摇头。之前啊，不好，渡了这河之后呢，也未见得会好。就只有夹在这中间不知该往哪里去的一块块，是真的好。太婆说完，把手掌按在男孩头顶，顺着他头皮炸着的方向捋着。只可惜了这娃子，原本也是好好的，却到了这里来。娃子啊，太婆问，你还记得不记得，是咋着就来了这里呢。

男孩眨着黑黢黢的眼皮，越眨越觉得眼皮子重了起来。有股烟熏火燎的气味从嗓子眼里向上顶，没有顶出鼻孔去，倒是顶到了脑壳前，像是想从眼皮里冒出来。男孩的耳朵眼里站着几个人，左耳有一群人在叫，右耳是妈妈在尖叫。妈妈一个人叫的声音，赛过了左耳那一群人。右耳于是嗡嗡响着，让男孩没办法集中精力回想任何事。

不知道不知道不知道，耳朵里头站着人叫唤呢，吵得很。男孩双手捂住耳朵，用力摇晃着脑袋。

噢噢，好了好了不想了不想了，没事了太婆在呢。太婆抬起手在男孩头顶周围扫着，驱赶着不知道什么东西。被太婆这么扫了扫，男孩感觉耳朵里的尖叫声，真的慢慢消停了下来。

不好啦，不好啦，你们快看。女人忽地紧张地拉住走在前面的两人，示意他们往河心看。

浅红色的河心不断向外拱起水泡，每一颗水泡的大小都是均匀的，有普通水杯杯口那么大。水泡包裹着水泡，水泡挤挨着水泡，水泡孵化着水泡。它们冒出来的地方，先是只有河心最中央一口平底锅那么大，慢慢扩延到撑开的雨伞那么大。水泡跟这河水一样，像是长了嘴，一点一点从河中央向四周漫延，速度均匀但完全没有停下来的意思。

浅红色的水泡一个接一个地胀破，把水泡里裹着的红色释放出来。河面上的空气被这些红色染得更红了。它们在胀破的瞬间，没有发出任何声音。在一片全然的静寂中，前赴后继沉默地破裂开，而后又重新鼓起。

水泡终于漫延到了河岸边，当第一颗水泡触碰到岸边的草窠，河中央最初泛起水泡的地方开始向上隆起一枚硕大的水泡。再仔细看去，并不是河心冒起了一颗新的大水泡，而是它身边的其他小水泡开始不断向其并入，将自己融入大水泡之中。随着无数小水泡的汇入，这枚大水泡隆起到难以置信的高度，犹如壁立千仞的透明巨山扑面而来，却始终没有胀破。

大水泡的内壁反射着河底的红色光芒，外壁折射着外面空气里的红色光芒。这时才叫人看清，河内外的红色，并不是同一种红色。河底的红色柔和而温润，外面的红色黏腻而硬实。两种红色，隔着水泡的膜壁，跳跃舞动着身躯，想要争个高下，又想要融为一体。

在大水泡终于将水面上目之所及的全部小水泡，都并入自己的庞巨身体内的一瞬间，它在无声无息间爆破开。

三个人被眼前看到的一切死死压在地上，无法动弹。

这一切都是什么呢。这一切又是为了什么。

有个啥东西。女人指向河心。太婆和男孩向女人指着的方向望去。在刚刚那个巨大水泡的中心点，漂浮着一粒小小的黑点。黑点向着三人移动过来。

女人挪蹭到了太婆身后，双手不自觉抱在胸前。吓人哩，为啥到了这时候还吓人哩。

有啥怕的，都到这时候了还有啥可怕的。太婆脚下没有动弹，腰板儿挺得直起了些。

我也不觉得吓人呢，我觉得好玩儿极了，真希望爸爸妈妈也能看到。男孩嘴上说着不害怕，可是身体也不由得向太婆贴得更近了些。太婆攥住男孩的手，女人的手搭住太婆的肩。

是，是个娃子。女人轻声惊呼。男孩也看清了，确实是个小孩，比男孩还要小很多的小孩。孩子的下半身浸在水里面，上半身裸着，露在水面上。水面依然稳若镜面，小孩悄无声息地在水中向岸边滑动而来。

瞧起来，还是个女娃子。太婆摇了摇头。

但她能碰到水，她跟咱们不一样呢。女人依然非常紧张，搭在太婆肩头上的手，不由得加了气力。

女娃漂到了河岸边，她没有上岸，瞪着大眼睛看着三人，不言语。

娃儿啊，你要不要到岸上来。太婆问道，她用自己的桃木拐棍点了点泥土地。

女娃摇了摇头。我不能上岸。声音像是新冻起的冰块在水里炸裂开的响动。

你是谁。男孩问。我来给你们带路。女孩回答。

男孩立刻高兴起来，他摇动着太婆的手臂。太婆太婆，有人来给我们带路了，我们马上就可以回家了。男孩心里想着，回家一定要给爸爸妈妈好好讲讲今天看到的故事。他没有留意到，太婆和女人的脸上都压着阴沉沉的云。

应该有座桥呢，老人儿都说，应是有座桥呢。太婆又用拐棍点点地。

没有桥啊，只有我。女娃笑了。声音像是河底的红色碰撞着河面的红色的响动。

那你是阎王吗，原来阎王是个小女娃？女人哧哧地笑起来。

女娃摇了摇头。我不是，这里也没人是。

那这儿谁说了算啊？替我跟说了算的头说说，下辈子我要生在法国，在……女人回头望着男孩求助。男孩马上替她补充上，巴黎。女人点点头，对，在巴黎。

女娃摇了摇头。这里没人说了算。

那不可能。女人感到震惊。没人说了算，那岂不是要反天了。女娃望着她，不言语。

那之后呢。你带路，之后呢？女人有些不大满意，现在的状况似乎跟她之前预测的不大相同。

之后，你们重新开始，我，还在这里。女娃说。

男孩松开了太婆一直紧紧攥着他的手，走到河水的最边沿，蹲在了女娃面前。

小妹妹，你怎么一直泡在水里呢，不会难受吗。是谁不叫你上岸来呢？男孩问。

我在河里出生，也在河里死去。这里就是我的去处，我再没有其他去处。女娃说道。声音像是春日的脆笋剥开外皮的响动。

你在河里出生？你是刚才那个好大好大的大水泡生出来的吗？

女娃笑了起来，她白嫩嫩的手臂和白嫩嫩的胸脯，闪着水晶折面似的光。

娃儿啊，你这是，要带我们往哪里去呢。太婆问。

往该去的地方去。女娃笑着说。声音像是手指插进鹅卵石堆里搅动的响动。

那里……好吗？女人问。

那里就是那里。女娃笑够了。她把自己白嫩嫩的右手，自水中抬了起来，伸到了男孩面前。男孩看着女娃的手，手心里有一颗小水泡儿。这水泡跟刚才在河中见到的不大相同，它的外壁萦绕着一圈七彩的荧光。荧光在水泡上翻滚游动着，男孩看得张开了嘴巴。

男孩把自己的手盖在女娃的手上。他感觉那颗小水泡自女娃的手心贯入到了自己的手心上，并沿着手掌，游动向自己身体的各个方向。男孩的整个身体被水泡抱住了，变得轻盈起来。他随着女娃的牵引，走入浅红色的河水中来。男孩的下半身浸泡在浅红色的河水里，上半身露在河面上浅红色的空气里，就像女娃一样。

女娃掬起一掌心的河水，拂在男孩的脸颊上。男孩脸上糊住的乌黑的炭烟立刻化开，随河水一起四散他去。男孩感觉到呼吸重新变得顺畅，肺中的阻塞感消失殆尽，同时记忆也随之模糊。石块儿、水漂儿、爸爸、妈妈、动物园、生日蛋糕、找不到的家，一切都变得不再重要。这漂浮着的轻盈的感觉，让男孩觉得自己也是一颗水泡。无论下一刻是无声地爆破，还是汇入更大的水泡，也都不再重要。男孩笑了起来，声音像是石块儿擦入水中又再次跃起的响动。顶不到天上去的风，潜不入地底的水，漂浮在时间最中央的气泡。

女娃又向太婆和女人伸出了手。太婆和女人，一前一后，慢慢走入水中。河水依次拂在太婆和女人的脸上。太婆的舌头缩回到嘴巴里，脖子上瘀青的痕迹也化进了河水中。女人脸上的黑青洗成了结实的红色，身上的臭鱼烂虾味重新退洗为泥土的清香气。

四个人漂浮在浅红色的河水中，望着彼此笑。

若没有人笃定地告诉你这是河，便没有人能看得出

大 娘

从大娘家的小杂院里走出来，
小铁的鼻子嘴巴还是像抽风机似的不停抽着。
但他已经跟进去之前不一样了。
现在小铁心里有了底子，
他不再像个没头苍蝇似的四处乱撞了。
他有了指路人。

兄弟！兄弟……一条裤子咱们俩人穿的兄弟趴炕头上一聊就聊上一宿的兄弟自己还没有女友就拿钱帮我娶媳妇的兄弟兄弟！兄弟我们说过有钱一起赚好日子一起享有难一起担现在日子刚有了那么一些许的好起来难就来了兄弟你先走一步这难我担着了兄弟！兄弟你放心吧兄弟我绝不会叫你没个说法就去见阎王也绝不会叫你家老爹老母只得抱着你冷邦邦的身子朝天嚎兄弟。兄弟兄弟……

行了行了，嚎够了没有啊？别嚎了，站起来。人都没了你还在这儿嚎来嚎去的，表决心给谁看呢？闫家三叔不耐烦地挥着手，示意屋头的人把哭倒在祭台的小铁拵扶起来。小铁用手推开众人，翻身跪在闫家三叔膝头下。

三叔你放心我一定要给这事儿找说法你让闫家大爷大妈都放心我兄弟这事儿我扛定了不抓住那人我这下半辈子就不过了。

小铁啊，警察都没得法子你能有啥子法子。心意叔儿们都领了……

三叔我兄弟好好一个人铮铮一个汉子现在就像叫老鹰给叼走了一样人就没了?！说没了就没了？说拉倒就拉倒？三叔这世间的事儿不是这么办的三叔我不管你们闫家怎么想我兄弟身上虽然没淌着我一样的血但情分就是我亲兄弟的情分。这事儿不了结我下半辈子就没法过了这事儿不了结。

行了行了行了，就你情义重我们闫家人都是乌龟王八蛋嘛就你情义重？谁不想有个说法谁不想讨个天理就你情义重？谁叫咱们农村人就是贱命死了就是死了要是咱家屋头在城里也有个把官路商路上的人头还能有这屌事了？行了行了行了，那谁那谁，给小铁揞出去吧别挡着别个来祭拜呢。

两个汉子一人架着小铁一只胳膊就把人拎出了门。

小铁边被扯拖拉拽着走边卖力气扭头往回使劲儿瞅。

这几丈高的泥瓦房小铁从小不知道蹿上蹿下多少回恨不得每片瓦都叫他给蹬碎过。这小时候觉得很大长大以后又觉得实在太小憋得慌的院子小铁不知道蹿进蹿出过多少回连院子有多少个土坑他都认得。兄弟兄弟没了你，这房子这院子就再也不是那房子院子了。兄弟。

汉子们把小铁往大铁门外一搡顺手就带上了铁门。小铁没拍门也不再嚎了。他抽搐着抹着眼泪鼻涕刮着眼眶。待胸腔不再像抽风箱一样呼啦呼啦直响了小铁扑通跪在大铁门前。

兄弟。兄弟。兄弟。兄弟你放心你的事儿我担了。我原本总不明白天老子怎么会给我一个你这样的好兄弟现在我知道了他就是知道你会出这事儿让我来帮你担着。兄弟你放心我绝不会叫你被老鹰给叼走了一样就没了。害你的人我要抓到害你的事儿我要讨到说法害你的账我要算清。兄弟兄弟兄弟。这辈子的情分我只能这样还了下辈子的情分咱俩就下辈子见到再认吧。兄弟兄弟。

小铁念叨完伏到地上吭吭吭叩了三个头，站起身走了。

当天小铁就从村里又折返回城里。小铁要回城里去找七叔。就算小铁再傻再愣也知道这事关人命的大事，不是靠自己对着兄弟的灵前叩了头发了愿就能解决得了的。要解决这种大事儿就得找乡党里的能人儿来帮忙寻摸路子，靠挺着个胸膛往前冲豁出个命去向前闯是没有鸡毛用的。

七叔就是乡党里的能人儿。最早一个从他们村儿出来到县城干活，又进一步最早到了这座大城市里来打工。七叔不仅来得早认识的乡党多而且还寻着了法子在这城里头扎下来了。七叔的闺女儿子现在就跟真的城里人一样了，跟小铁就是不同的人了。最早小铁和他闫兄弟只有十六七岁进到这城里来打工时候，就是闫家大爷领着他们俩毛头小子来七叔家叩头拜码头的。

见到七叔，小铁又是扑通一声跪下了跪得是又直又狠一点儿软乎劲儿都没给自己留，跪得小铁两眼直冒金星膝盖疼得像是已经碎开了。过去这些年来小铁早就没了给七叔跪地叩头的习惯了，小铁已经长成了个不小的汉子了。然而兄弟这事儿一出小铁知道自己还是太嫩了。这城市大得像海一样，自己和兄弟不过就是两只小虾米，可能连小虾米都还算不上只是漂在海里头的两坨海藻。

七叔摇着手叫小铁起来，小铁不肯，还是跪着。七叔又连摇手带唤地招呼了几回，小铁还是一动不动就是跪着说到急处就不停叩头。

像你这样的娃子倒是不多喽。七叔坐在炕上叹了口气。现在这些娃子，别说兄弟叫人给捅了，就是老子媳妇儿叫人给捅了，也就是给捅了，谁还去出那个头。啥子血性义气，都值不上多赚几个钱来得要紧；啥子兄弟老子，关键时候都没得钱亲。

小铁哐哐又是几个头脑门子上已经红瘀瘀一小片了嘴里还是絮絮叨叨地说着他那些车轱辘话。

可是铁啊，你这事儿七叔真是帮不上忙。乡党们老说些个神乎乎的话，说你七叔在城里路子多，跟能通天似的。但你也知道，这种警察都没得法子的事儿，你七叔再能耐也没得法子。不过……

小铁一听到七叔说"不过"俩字就又哐哐哐叩上头了，他知道一定有法子的他就知道一定是有法子的，这世间要是连人命都不在意了那这世上活着的人到底还有点啥子意思。小铁就知道七叔是有法子的，不管这法子是啥需要他拿啥去换他都愿意只要七叔有法子。

　　不过，这事儿倒是可以找找大娘。

　　大娘？大娘。小铁的脑门子已经叩出血来了脑浆子都像浆糊一样搅和在一起两耳嗡嗡嗡地一直在响整个人像是飘在房梁上。大娘。大娘。七叔都没得一点法子的事儿这个大娘能解决这个大娘到底是谁是什么人大娘。既然叫大娘那大娘应该是个婆娘吧一个婆娘家居然是个比七叔还能的能人儿吗大娘。七叔可是能人儿啊这大娘要是比七叔还能那绝对是个能人儿中的能人儿了，一定能人所不能啊大娘大娘。

　　可是，现在想要见大娘一面那是不容易。就像想要见市长一样不容易呢。其实见市长还要更容易一点，至少人家老上电视，你啥时候想看，打开电视守着就行了。想见大娘一面可是不容易咯，她藏得可深着呢。

　　七叔七叔你帮侄儿一把你只要帮侄儿一把将来侄儿一定给您当牛做马干啥都愿意你帮侄儿一把。这个大娘不管她想要啥才肯帮忙我都能想着办法要钱我能把所有钱都给她哪怕把家里新盖的砖房卖了给她她要是不缺钱小铁愿意认她当妈一辈子叫她使唤给她养老送终七叔七叔你一定帮你侄儿一把。

铁啊我大侄儿,你闯兄弟是真心没白交你这个兄弟。侄儿你放心,七叔一定给你尽力。咱们虽是农村人,但也是讲究人儿,凡事儿都得整得明明白白。七叔一定帮你把这事儿整得明明白白。

后来小铁知道了,大娘是个江湖传说。

啥叫江湖传说,就是听说过没见过。听说过的人越多真见过的人就越少。其实大娘以前也不是这么神龙见首不见尾的。以前她常在江湖上走动还见过报接受过记者采访。只是后来,她把自己藏得愈发深了。有人说她是怕人打击报复杀到家门前来。有人说她收到过的死亡威胁能装满一卡车。有人说她最小的女儿因为她的事儿叫人给糟蹋了。还有人说是她自己被人给糟蹋了。

说什么的都有。还有一种说法儿是,大娘早就让人给默默收拾掉了。人家做得干净,只留下了一个好像大娘仍然隐在江湖的传说。只有像七叔这样的乡党能人儿才知道大娘没有被干掉,可是有着这么些血糊糊的传说也就让大娘只能藏得更深了。

七叔是怎么认识上大娘的，小铁始终是不知道。七叔不说，小铁也就问不出。照七叔说，大娘并不是他们的乡党，甚至都不是一个省的，那七叔是怎么认识上这么个奇人的呢。屋头的人都说，七叔这些年在城里闯荡，白手起家成为能人儿，那是有七叔的道行，终归得干些其他人干不下的事儿。按照江湖传说的那些邪乎说法，大娘就像黑寡妇，跟她挨着边儿的，都是坐在阎王炕头唠闲嗑儿。小铁不管这些废话。他笃定了要报仇的心，别说是坐在阎王炕头唠闲嗑儿，就是让阎王老子割了魂儿，他也要去会一会。

小铁按照七叔吩咐的，在中午十二点准时蹲在市里最最繁华的那条购物街客流量最大的那家麦当劳门前。准准地必须是十二点不能多一分钟也不能少一分钟，小铁掐着腕子上的数字手表数着，临出门之前他对着中央电视台的时钟对了好几回。小铁听七叔的话，翻遍了自己本来不多的衣服，终于凑齐了一身儿的黑色衣裤还跑到同在保安队的同事那儿借了一双黑色布鞋。

十二点了十二点了终于十二点了人该来了吧。小铁压低腕子上的表走到麦当劳门前他盯紧了前前后后每一个进出的人尤其是女人。不对不对这个不是也太年轻了要是这么年轻人家为啥要管她叫大娘呢嗯应该也不会是这个吧这个子也忒矮了些瞅着还有些冒傻气还有这个唉对啊会不会是这个这个看着还有点子接近。

小铁满头冒大汗不停地举起腕子看着表虽然表上的数字隔着老半天才变化一次但小铁感觉时间爬得慢得像没吃草的老牛。这个大娘别不是后悔了吧别不是临时变卦突然决定不帮忙了吧别不是走到附近看见我样子长得憨不想认了吧。

你就小铁啊。

小铁吓得往后退了三四步胆子都要吓出汗儿来了。打哪儿冒出来的人，突然就来这么一句。根本不知道是什么时候，小铁身子右边就站住了一个人。小铁看不出来这人会不会就是大娘。

这人穿着黑色的布裤子黑色的布鞋子上身套着件深绿色的绒褂子两手插在上衣兜里。她看着也就只有一米五多一点，但是人站得稳稳的，像是来阵台风都刮不动弹的样子。她脑袋上裹着一顶灰色的线帽子，所有的头发都包裹在帽子里，嘴巴上挂着一副大夫戴的那种蓝色口罩，一下子就遮住了大半张脸，只露出来两条细而长的眼睛。两条细而长的眼睛直勾勾盯着小铁。

小铁点点头。你是大娘吗大娘。

那人没有回答，上下扫着小铁，又把视线从小铁身上挪开，漫不经心地打量着周围的人来人往。

身份证给我。

小铁有点蒙圈儿，心里也有点犯怵，这怎么一上来就要身份证呢这到底是要干吗。小铁犹豫了。他把手伸进了裤兜儿里面，掏来掏去就是掏不上来，他在琢磨这到底是怎么回事。

赶紧点儿的。那人嘴上催着，眼神还是四处游荡着，并没有看小铁。

七叔应是不会骗我的吧七叔肯定是不会骗我的七叔不会答应了要帮我把这事儿整得明明白白转手又叫个人贩子或是搞传销的来祸害我。小铁总算捏住了裤兜儿里的身份证攥进了手掌里。是福不是祸是祸躲不过再说了这光天化日的她一个老婆子能拿我个精壮小伙子有什么法子万一真的是骗子大不了我掉头就跑回头再补办个身份证就了了。

想着这，小铁把捏在自己手心儿里的身份证揪了出来，冲那人伸了过去。小铁脑门上手心里胳肢窝下胸膛前脚底板都在使劲儿冒着汗，递出东西的手也在颤悠，他打量着附近琢磨着这婆子会不会有什么同党在附近候着。小铁心里生出了怯来。对面这婆子虽然只是个婆子，但那两条又细又长的眼睛，瞧人时候冒着的那光真不像是个婆子瞧人的眼神儿。小铁打小就是外婆带大的，自小到大村里村外身边的大人基本上也都是婆子，男人家不是在外面打工就是在地里做活，要说小铁对婆子这种人最是了解的。婆子瞧人的眼神不是软软的就是黏黏的，就算有那么个把硬气婆子，眼神也总归是硬气里夹着软绵绵。可对面这个婆子，瞧人的眼神就全然不是那么回事儿。

那人接过身份证来很快地扫了眼，又把眼神儿伸回来瞅了瞅小铁，随即把小铁的身份证揣进兜里了。

跟我来。说罢，她转身就往购物街的东头走去。

别看她个头不高走起路来倒是虎虎生风，两条腿儿不长但是倒腾得飞快，小铁这不知所措的一瞬，那人已经走出去十几米了。看她也没有停下来的意思，小铁把心一横跟了上去。兄弟啊兄弟你要是有在天之灵就保佑保佑你的小铁弟弟吧，不用保佑他安然无事，就保佑他不要刚出手还啥也没得到就折在大门口了。

那人呼呼地走在前面，小铁迈开大腿跟在后面，尽管小铁心里一直都在打嘀咕，但是看到周围没人跟着一起过来小铁心里也放下块石头。要是没有同伙跟上来那就算是吃亏估摸着也不会是什么大亏。

小铁在后面努力跟着，那人在前面嗖嗖地走着。她领着路在购物街靠东头儿奔着从主道上又出去的一条小巷子拐了进去，在小巷子里走了没几步又向右一拐，就转进了另一条更窄的巷子。以往小铁跟闫兄弟和其他哥们儿在放假时没少跑来这购物街，虽然啥也买不起但是饱饱眼福看看美女还是过瘾的，可这样弯弯绕的巷子却是一次都没走进来过。小铁诧异极了。真是没想到，就在这样繁华的街区旁居然还有这种肠子似的连成一片的巷子区。

七绕八绕地，小铁早就已经辨不清方向分不出南北西东，更是不知道已经走到何处了。小铁的心敲锣一样砸得更响了。他不再害怕，他开始兴奋了起来。这婆子真的就是传说中的大娘吗？她要带我去的地方是她的老窝吗？这简直就跟侦探小说里面写的一样啊！大娘啊大娘，不愧是传说中的人物。

前面那人忽地停住了，像是在等小铁跟上来。小铁赶紧几个快步追过去也停在她身边。不知是走得太快还是心里太兴奋紧张，小铁胸膛上下起合得厉害气喘得呼呼直响。倒是那人安安静静得像是只出门溜了个弯。

那人站着前后打量，轮番地看巷子口和巷子尾有没有尾随的人出现。看了几番也没见到有什么异常，她伸出一直插在上衣兜儿里的右手，手里亮出串钥匙，转了转身子右侧的大铁门，门一开小铁就被她给扯进了门来。两人一进门她又迅速回身把门给锁好。

这是一处在拆迁边缘的小杂院。院子外面墙上喷着红色的"拆"字，院子里面墙上的砖块儿都不全整了。十几平米的小院子里堆满了各种看起来像是垃圾的杂物，有各种包装货物的破纸壳废旧家用电器摔得七歪八扭的铁壶铁桶铁面盆还有些缺胳膊少腿的椅子凳子，整个一小型的旧货市场。难不成这大娘没事可做的时候还兼职卖一卖回收家具和破烂什么的？小铁纳闷。

穿过院子里的小旧货市场，那人又从一串钥匙里拔出一支来，转开了院子里那间显得还没有破椅子堆得高的平房门，推开门示意小铁进屋。小铁觉得这座院子和整间屋里不像是还有同党的样子，没有太顾忌就进了屋。

那人把屋门在他们两人身后带上，指着一张椅子叫小铁坐，她自己坐到了椅子对面的沙发上。她坐下了，还是端端正正的，没有一点要歪倒着靠在沙发上的意思。

小铁转头看了看这间一转脑袋就一览无余仅有几平米的小屋再没有别个人，就扑通一声硬硬地跪在了地上，对着那人先叩了三个响头。

大娘大娘我是小铁大娘我七叔说了现在谁也帮不了我了只有大娘您能帮我大娘如果您愿意帮小铁一把帮小铁把我闯兄弟这事儿给整明白我小铁愿意一辈子给您当牛做马您要是愿意要钱我愿意把我家新盖的砖房卖了给您钱您要是不想要钱我愿意管您叫妈伺候您下半辈子给您养老送终。

小铁把头都叩完了话也说完了才抬头看，只见大娘坐得稳稳的，手里还在抓着自己的身份证瞧看。小铁心想，既然自己管她叫大娘她没有反对，自己给她叩头说话她也没有推让，那看来她真的就是大娘了她真的就是那传说中能人儿中的能人儿大娘了。想到这小铁又叩下了一个头。

都到了屋里头了，大娘的口罩和帽子还是没有摘，说起话声音都是闷噗噗的。

你是小铁？

是，是我，李铁军。

别叩了，先说事儿。

我兄弟叫人给捅了，人跑了，我不能叫我兄弟就这样不明不白死了。

你亲兄弟？

不是，一个村里的，打小一起长大跟亲的一样比亲的亲。我家人口单薄我就一个姐姐，我兄弟就是我亲兄弟一样的。

伤了还是死了？

死了，前儿天刚埋下。

报警了吗？

当场就报了，警察来的时候人已经给跑了警察查了几天说是已经不在市里了跑到不知道哪去了，说现在只能发出通缉来没得别的法子了。

不能等等警察那边的消息吗？

大娘你是不知道我闫家兄弟命道惨，他爹就是在外面打工时候跟人打牌人家赖账趁他爹一个不留意一铁锤给敲死的那时候我闫家兄弟几个孩子岁数都小没人给讨说法那害人的就跑了警察也是说没得法子到现在了害人的也没有抓到。我是天没想到地没想到一万个也没想到我闫家兄弟竟然也这样横死在外头了。他家跟我家一样人口薄又都是些胆小怕事的不想招惹人，但我不能叫我兄弟就这样不明不白下去了只要我还有一口气我都得给我兄弟讨个说法抓到这害人的。

警察外出去抓人得有线索才要出的。你有线索吗？

啥子线索？

就捅人那货的线索。

那货就是跟我们一起在城西保安队当保安的，岁数不大脾气不小来了队里没几天就把人都得罪差不多光了。我闫家兄弟是他们小队的队长，后来听人说他们那天因为那小子上工的时候不好好干溜号放走了一辆没收费的车我兄弟数落他数落急了竟就跑回他自己屋头拿了把水果刀回来就把我兄弟给捅了。等我从我那队赶过去我兄弟已经没气了那小子也跑掉了……

知道叫啥，是哪儿人不？

队里都管他叫顺子大名好像叫李广顺据说是毕南人。

还知道些别的不？

……不知道了。

大娘不继续问话了，手里转悠着小铁的身份证。她身子像是稍微松弛了些，略微有点向下塌着。

小铁见大娘不说话了，担心她是觉着麻烦不想帮自己了，连忙又叩着头把一进门就说了的车轱辘话又从头到尾说了一遍。

小伙子，这种事儿，不好整。可能事儿还没整明白，你自己又搭进去了，你知道不？

大娘我知道但我必须整明白大娘。

你倒说说，为啥必须整明白。

大娘俺是农村人漂亮话不会说书也没读几天也没读懂几页但是我自己的事儿我自个儿心里明白。要是我闯兄弟这事儿我就这么稀里糊涂过去了我没法过好我下半辈子大娘。大娘我要是个瘫子哑巴缺胳膊少腿我兄弟叫人害死了我就算心不安但我也能过得下去大娘要是我兄弟杀人放火贩毒干坏事儿叫人给弄死了我就算难受但我也能过得下去大娘但我现在是个精壮小伙子我兄弟是个大好人却叫人给弄死了我要是啥也不干就这样过我过不下去我这下半辈子你能明白我吗大娘。

小铁说完这话，憋在心里许久的泪和酸就涌上脑壳来了。再使劲儿也憋不住了，小铁就让这泪和酸顺鼻子眼睛嘴巴淌出来了。也不晓得是咋个回事，这话搁心里头这么些天，当着爸妈姐姐和闫家人就是说不出，倒是对着个神神秘秘的陌生人说出了。

你现在手头儿有多少现钱？

我本来谋算着今年正月回老家去把媳妇娶了，家里家外筹备了十万块做彩礼迎亲和办酒席，现在决定先不办这事儿了。我自己打工攒的手头还余下四千多将近五千块。大娘你需要多少你尽管说这些钱不够的我去借要是借还不够我就把老家给我结婚新起的砖房卖了，还能得十几万要是还不够我再去借，反正有的是法子大娘你要用多少尽管说吧。

不是我要用。我不要你的钱，是你自己要用。追凶这一路要花钱的地方多着了。

一听到"追凶"这个词，小铁这心里像是开了锅一般。

他砰砰砰地又连着叩了好几个头自己都数不过来了。一直以来小铁只是知道自己想要干一件事儿却又不知道这件事儿到底该怎么形容，有时候他想跟别人念叨一下自己想干的这事儿却死活找不着合适的词，会急得百爪挠心的。现在小铁知道了，这件事儿就叫作追凶。

小铁也知道了，大娘说这话，就是肯帮自己了，他心里的感谢委屈害怕志气愤怒都化成了他唯一熟稔的表达方式，就是给大娘叩头。

从大娘家的小杂院里出来，小铁的鼻子嘴巴还是像抽风机似的不停抽着。但他已经跟进去之前不一样了。现在小铁心里有了底子，他不再像个没头苍蝇似的四处乱撞了。他有了指路人。

肠道似的巷子歪歪叉叉地纠结在一起，没走出去几步小铁就认不得路了。但小铁一点儿也不着急。大娘说了不认得路没关系，只要冲着一个方向不停走定然是能走得出去，最多就多花点时间，多走点弯路。小铁不怕，他心里安生。心里虽然安生，胃里却哗啦哗啦响，像是里头立着一口锅正在熬煮羊杂，热烘烘的气在里面熏着，向喉管子里顶着腥气。他觉得嗓子眼发酸想吐，两条腿也酸软，脚下更是放慢了，大口大口喘着气，把胃里拱着的热乎气儿发一发出来。

小铁手里捏着一张纸片儿，他既不敢攥得太紧了怕扯碎了这单薄的纸片儿，也不敢攥得太松了怕一阵风过来就吹走了这纸片儿。纸片儿上头写着大娘嘱咐他接下来要干的事儿。

头一件事儿，就是通过各种方式多查清些李广顺的背景，找到追凶线索。

虽然保安队的小兄弟儿们天天睡一个屋里头吃在一口锅里头有时候赶上过年一起值班家也回不了连大年夜都过在一头，但是直到现在小铁才明白过来，自己并不真的认识这些天天同自己生活在一起的人。每天上班时候不能随便说话，吃饭时候闲聊不过都是些屎尿屁没正经的玩笑话，等休息进了宿舍每个人都守着自己的手机一刻不停地抠抠抠着手机屏幕直到关灯睡觉才算停。一个保安队里面几十口子人，一个小分队里面也有七八个人，除了闫兄弟，小铁竟是没有跟其他任何一个人深聊过，晓得人家的底细。

小铁懊恼是懊恼，但也发觉不单是他自己，这保安队里是个个如此，除了同村同乡的乡党才相互之间有深入了解，对其他人竟是都像生活在同一屋檐下的陌生人般。也赶巧了，介绍那顺子来队里的顺子乡党，刚在不久前因为要跟老婆团聚离开这个城市南下打工去了，可着这剩下来的几十口子人，居然就没有一个能说上来更多关于顺子的情况。

忙乎了几天下来小铁跟全队里每个人都聊了半天，又是恳又是求又是讨好又是磨耗，只讨得了一个他觉得还算有价值的线索。队里一个跟顺子乡党走得稍微近一些的人，有顺子乡党现在南边的手机号。几天来积攒了太多失落，现在得了这样一个消息，小铁像儿时在河里捞鱼一般死死抠住不肯松手。

小铁拿不太定主意，特别想给大娘问问看她的意思。但是上次从大娘家出来前大娘曾经再三嘱咐过他，没有大娘的吩咐小铁自己绝对不能跑到购物街那边去找她，大娘也没有给小铁留下电话号，只让小铁把自己的电话号写在纸片儿上，留在了她那儿，大娘说等过几天她自然会给小铁打电话的。

又等了两天还是没有接到大娘的电话，小铁实在是坐不住了。他趁自己休班的时候跑到了外面大街上，用自己的手机拨通了那个乡党的电话号。

电话响了十来声，对面才终于接了起来。

喂，谁呀？那乡党的声音听起来黏糊糊的，隔着距离的混沌不清。

我啊小张哥，我是小铁，李铁军。

对面一时没了声响。小铁又喂喂喂地叫喊了好些声，对面才又传来那黏糊糊的声音。

哦，啥事儿啊？

小张哥没大事儿就想问问你关于顺子的一些情况……

顺子的事儿我听说了，我跟他不熟，都是他妈死活缠我带他进城谋个事儿做我才带他去保安队的。

小张哥我也不是别的意思我就是想打听下……

不是，你不用跟我打听，我真是跟他不熟，你问问别人吧。

电话就挂了。

小铁只感觉脚底板的血噌噌噌儿下子就蹿到了脑门子上。顺子刚来队里头因为脾气不好四处得罪人谁都不爱搭理他，就只有小张哥在打饭分配活儿和发奖金上面维护顺子替他说话。小铁也明白自己想替自己的兄弟伸冤，人家也想保护人家的兄弟，但现在这事儿不是谁打牌出老千谁偷吃了谁零食谁偷占了谁的工时奖金这样的小事儿，现在是有人躺在地下不再喘气有人白发人送黑发人的大事儿。

　　小铁狠狠攥着手机感觉手上一使劲儿全身的血往头顶上冲得更猛了，脑袋两侧的血管砰砰地撞着头皮，疼得很。他就那样站着，站着，等头上的血管没那么疼了，又拨通了电话。

　　小张哥你听我说……

　　小铁你别说了，我知道你要说啥，但我是跟顺子真不熟，有事儿你问他妈去吧。

　　行那你告诉我他妈在哪儿。

　　毕南。

　　毕南哪儿？

　　珠流镇。

珠流哪儿？

河下村。

河下哪儿？

你要是真敢去，进村问问就知道了。

小张哥……

行小铁你不用说了，你问他妈去吧。

电话又挂了。

手机还贴在耳边小铁就那么呆呆地站住听了半天电话里面嘟嘟嘟的忙音。嘟——嘟——嘟——兄弟啊兄弟怎么你这一去这世上的所有事就都跟以前不一样了呢兄弟我知道不是事变了是我变了兄弟我不怕这事都变了天也变了我只希望你还在这世上在我身边嘟——嘟——嘟——兄弟啊兄弟我怎么现在就是这样想你呢你下葬时我着急向回赶想要找人帮我追凶头七也没有为你守纸钱到现在还没有为你烧上一挂你会不会怪我呢兄弟嘟——嘟——嘟——兄弟啊兄弟你放心我一定——嘟——嘟——嘟——

血慢慢流回自己该在的地方，头也没有那么涨了，小铁从大街上走回宿舍。一进屋他又站定了。一屋子的人都躺在自己的铺上每个人手里都抓紧着自己的手机在那里对着屏幕抠抠抠，抠抠抠，抠抠抠。小铁就那样站在门口，看着宿舍里的每个人都对着一块或大或小的屏幕双眼瞪得滚圆，有的神情专注连眼睛也不眨有的对着屏幕莫名地乐个不停有的双手飞快地在键盘上抖动。小铁知道，若不是闫兄弟他不在了，他们两人此时此刻怕是也躺在铺上做着同样的事。

兄弟啊兄弟我……

小铁屁股还没坐到铺上手里的电话就忽然连摇带晃地响了起来，看了眼号码，是不认识的座机打来的。小铁也没多想就接了起来。

小铁吗，我是大娘。

听到这几个字小铁立刻就从床上弹了起来，连鞋子都没穿好就往宿舍外面跑。大娘问他这几日线索搜集得怎么样，他连忙将自己从各处打听来的消息拣他认为重要的一股脑儿告诉了大娘。大娘那边只嗯嗯嗯地应着没有太多说话。临挂电话前，大娘约他后天中午还是十二点整在另一家购物商城门前等她。那家购物商城小铁知道，想来就在购物街旁边的一条街上，离购物街不远但是也不算近。

按着跟大娘说定的时间地点，小铁站好在那家购物商城门前。大娘自然又是准准时地出现。这次大娘没有跟他讲话，只使了一个眼神儿随后掉头就走，小铁再憨也明白大娘的意思，也不问话，就跟在大娘身后走起来。虽然跟上次是完全不同的路，完全不同的方向，入的出的都是完全不同的巷子口，居然左拐右拐地，又拐回到大娘住的那个小杂院门前来了。虽然路小铁还是摸不上来，但他走着走着心里还是有了点数。这个小杂院看来不起眼，然而位置却是四通八达，东西南北都通着路，可通闹市可通陌巷，多来上几次是能抓清大体位置，但若是生人闯进来肯定是摸不到头脑的。

走在路上时小铁已经不再像第一次来时那样的激动和手足无措，他看着不紧不慢不摇晃走在自己前面的大娘心里颇是感慨。大娘这次的穿戴跟上次基本相同，黑色布裤子黑色布鞋子上身套着件深绿色的绒褂子灰色的线帽子大夫戴的那种蓝色口罩。

大娘到底是个什么人姓甚名谁经历过怎样的事这些对于小铁来说都是个谜。早前他也问过七叔这大娘到底是哪路神仙，七叔也是知头不知尾说得混混沌沌。七叔说，早年间大娘的男人叫人给敲死了，要是搁在一般婆娘家的，哭哭嚷嚷也就罢了该是咋着过还是咋着过。可大娘这个婆娘，愣是天南海北地走遍，把那仇人家给寻着了。可具体是咋寻着的，寻着之后怎么了，这些事儿又没人能给说道清楚。小铁心想，谁也不是生下来就会跑的了石头缝儿里蹦出来的了，这大娘肯定也是有她自己的来历和故事，只是看她向来神神秘秘的样子，这来历和故事也不会无缘无故就告诉了像小铁这样的生人。

看着大娘稳稳当当的小脚像踩着锣鼓点儿一般极有韵律地蹬着地走着，小铁心下拿定主意。他是个有情有义有诚有信的人，看大娘的样子怕也是自己一个人孤身在外闯江湖，若是大娘真的帮闫兄弟大仇得报，自己一定要好生照顾大娘履行誓言。

两人进了院门大娘立刻反手将门锁好，又开门进了那间小屋。乍一进门小铁就看到床边的沙发上坐着一个面堂黑黑的汉子，小铁吓了一跳定住在屋门前。大娘径自走到床前坐下了，屋里就只有两张单人沙发，大娘叫小铁坐到另一张沙发上，小铁听了话。

小铁，这是老李叔儿。大娘坐在床上说。她的身子板儿依旧是立得直板板的。这个老李叔儿倒是随意，身子都塌进沙发里，身上穿的衣服也都松垮垮地耷拉向四面八方，总之，不像是个大娘那样一板一眼的人，就连脸上都时时堆着松垮垮的似笑非笑的表情。

你老李叔儿他有个熟人就毕南出来的，我已经托他摸了一些情况。大娘平淡淡地说了句。

一听这话小铁身子里就像是捅了一只马蜂窝脑子里嗡嗡乱叫身子里的血管突突乱跳，他很想立马给老李叔儿跪下就先叩上几个头，但看到老李叔儿要开口讲话小铁又把这冲动压了回去。

我已经找了珠流和河下的认识人儿逐一挨个儿问了。现在可以确定这个李广顺的家里人儿已经知道他在外面犯的这事儿了，那边的民警出了事儿以后就找过去了。也可以确定顺子目前没有潜逃回河下，这点智商我看他还有。老李叔儿说完干笑了下。

大娘点了点头。

老李叔儿咳了咳，接着说。毕南，尤其是珠流在这城里打工的人我已经叫人粗粗摸了一遍底儿，没有跟这顺子搭上联系的。照小铁的情报来看，那个带顺子进保安队的乡党应该是最早知道他犯了事儿，但是现在看来顺子应该也没有去找他那个乡党。

大娘又点了点头。她自顾自想了片刻，转头问小铁，铁啊，你打听到那顺子家里还有啥人在呢？

小铁忙回答，打听了，他家现在还有他奶奶他妈，上面还有两个姐姐一个已经嫁到别的乡了还有一个在本乡。

大娘又问，知道他平时跟谁更亲一点吗。

听人说他奶奶平日里最疼他，惯他惯得厉害所以他才出落得那么骄横，还有他嫁走的那个大姐姐据说也是对他很好。

大娘想了想，看向老李叔儿的方向，声音压得很低。我看这货不会向西。

老李叔儿嘎嘎嘶着嗓子笑了两声，肩膀晃荡着，脑袋也跟着晃悠。

小铁不知道他们两人在说什么，生怕自己错过了什么重要信息，但他们两人低沉地交谈又叫小铁不知该怎么插话。小铁只好把自己的脑袋像个摆钟一样，一会儿摇向这边一会儿摇向另一边。

向西，就是去钻山西甘肃新疆的煤窑。大娘瞧着脑袋摇晃成了拨浪鼓的小铁，终于开口道。犯了祸事的，一般向西钻了各处的煤窑，就等于没了踪影。跟咱们活得这世间，就没得啥关系了。任你上天入地寻他个十年八年，多半也是个白劳。

老李叔儿嗓子听着更哑得慌了，跷起腿儿。现在的小辈儿，都吃不下这窑苦了。犯了命案就算拿命还，也不肯去吃那窑苦喽。世道变咯。

世道是变了。变变也挺好的，至少小铁他们不必像咱从前那样。

老李叔儿听大娘这么一说，一直哑着的嗓子爆雷一样笑出了炸响声儿来，吓得小铁身子一耸。

大娘在老李叔儿雷管儿似的笑声里，声音还是那样低低地对小铁说，铁啊，接下来你就得自己跑一趟了。

四个字。四个字四个字。四。个。字。大娘说了只要记得这四个字我就一定能抓到李广顺给我闫兄弟报仇只要记得这四个字。

老李叔儿猛地拍了一把小铁的肩膀，惊得小铁差点走了个跟跄。

想啥呢小伙儿。大娘托老李叔儿送小铁出门，走回到购物街去。老李叔儿明显对这边的肠子道也是轻车熟路，只是他走起路来不像大娘那样轻快而迅速。老李叔儿走起路来拖沓而涣散，一步三晃荡，小铁只能放慢了再放慢自己的步子，保持跟老李叔儿差不多的步速。

没想啥，就琢磨大娘跟俺说的话呢。老李叔儿，想问你件事儿。

你说。

你跟大娘很熟吧？大娘她到底是个啥样人儿？

老李叔儿哈哈笑起来，身子抖着。

叔儿你别笑，你一这样笑我心里就麻怵……

还能是啥样人儿呢，可怜人儿。咱们也都是可怜人儿。

小铁点了点头。听俺七叔儿说起过，大娘屋头的男人叫人一耙子敲死了。人也是跑了的。

谁说一耙子？老李叔儿眉毛一甩。咋着也有几十耙子吧。也不是一个人，是五个人。

叔儿你说，这人到底都是咋回事啊。哪来那么大仇那么大怨呢，都搁一个村头住着。

一个村头住着，是非才多呢。有的人磨叨磨叨就过去了，有的人就不行呢。

小铁忽地立住了，顶着老李叔儿面前不动弹。叔儿，我听说，大娘就自个一个人儿，把仇人全抓住了？

听谁说的，没有啊。老李叔儿乐呵呵地揉了一把小铁，让他继续向前走。

听了这话，小铁身子有些发软，气力不知道被啥卸掉了不少。

抓了四个，还差着一个呢。老李叔儿走到了小铁前头。

断断续续的风从小铁的胸口透过去，他觉得自己又能顺畅地喘气了。一下子他脑子里涌出来好多话想跟老李叔儿说，那些话正打脑仁子里滚出来，顺着鼻子眼儿淌到了牙床上。叔儿……

看见前面那大铁门儿了吗，打那出去，左拐，就是你来时候的那商城。

叔儿，我还有好些话想跟你说……

我知道。铁啊，记着你目下最紧要的事儿是啥。有些话揣在心里藏一藏，反倒能提着口气一猛子干下去。要是这口气卸掉了，怕是就干不成了。

老李叔儿拍了拍小铁的肩头，又揉了他一把。走吧。

小铁听了这话，把嘴使足了劲儿给合上，把那些淌到了牙床的话又给咬碎了，生生咽回去。他能感觉到那些咬碎了的话碴子硬生生地硌着自己的嗓子。可老李叔儿的话有道理，疼也要咽回去。提住了这口气。

向前走了两步，却又听见老李叔儿唤他。小铁马上定住脚回头。

铁啊，我觉得这事儿你能办成。你跟我们一样，够轴。一定记着大娘交代你的那些事儿。安全第一呢。

小铁点了点头。他不敢开口，怕咽回去的话又没出息地滚出来，虽然心里很想，但他也不敢在这儿给老李叔儿叩头，怕被人瞧见。他就在心里默默给大娘和老李叔儿叩了俩头，冲着大铁门走过去。

大铁门被风吹得变了形，小铁眼瞅着那门就在风里一点一点拆散了，先是扯成了丝，然后又织成了网。铁线织成的网，小铁走着越近，那网子就离他越近，眼瞅着马上就要扑到他身上了。快要糊到眼前了，网子也蔓到了地上，海浪似的卷着往自己身上一层跟着一层地扑。小铁惊得回头想要寻老李叔儿救救自己，回过头去却看到身后的巷子从平地上竖了起来，成了立在半空里的迷宫一样的棋盘。大娘家的那间小杂院插在迷宫棋盘的正中央，泛着金光儿。大娘是佛吗，不然咋会泛着金光儿呢，不然咋会让我看到了这景象呢。

小铁只觉得头晕目眩，胃里直犯恶心，好像里面揣着几只老鼠崽子正东逃西窜。那张铁网子猛地扑到了他身上，他一把抓住铁网子，没忍住，把胃里所有的东西一口气给吐了出来。

回到保安队小铁就跟队长提了辞职。跟小铁最开始料想的不太一样，队长没有怎么劝说小铁，嘱咐会计把没结的工资给小铁结了就放他走了。飘零在外的人哪有什么行李，划拉了半天，检查了又检查，也不过二十来分钟，小铁在这个城市里置办的所有家当就落在了一只立挺挺的大布包里面了。

小铁拎着布袋子站在保安队宿舍门口，看着这个曾经自己在这座城市里的"家"，那张只剩下空木板儿的床铺。整间宿舍里二十几个铺位，只有他和闫兄弟的铺位就剩下了空板儿一张。

兄弟啊兄弟，昨晚上我又梦到你坐在我的床头兄弟你说你很冷身上总是很冷，我知道你为啥觉得冷因为你心头上放不下这件事啊你肚子上的那个洞里不再流血但是灌满了风兄弟你放心。这件事我心里已经有谱了兄弟我知道接下来我该怎么办了兄弟你放心我一定把这件事给你整明白兄弟。

四个字。大娘告诉小铁四个字。手机号码。只要记住了这四个字，只要找到了那货的手机号码，警察就能抓到人了。

咋会有了手机号码就能抓到人了呢？小铁不太敢信。那手机号码又不是每人只能有一个，就连他们保安队里的大队长都还养着三个号码呢，一个用来对付老婆屋头事，一个用来对付公务，一个用来对付外头交的婆娘。咋会有了手机号码就能抓到人了呢？

往细了说你也整不明白，我也讲不利索，总之现在科技发展了，事情就是成了这样子，你能挖到那货现在用的手机号码，警察就能查到他在哪里，一逮一个准。有时候 QQ 号也能行，但是最管用的还是手机号码。大娘摇了摇头，一直挺立立的腰板垮下去了那么一些。不比我那时了，凭着自己两只脚板板儿走遍天下。

小铁不吱声了。听七叔儿说，这些年大娘为了抓她的仇家，全国上下没有她没去过的地方。很多男人家去不得不能去的地方，大娘都去过。很多要竖着进去横着出来的地方，大娘都竖着走出来了。这样一个人，你能不信她吗？

大娘，我信你的，我听你的，我这就去河下村，死活找到他手机号码。

他自己犯了多大的事他心头晓得，号码肯定是换了的。不过现在的娃子，哪离得开手机呢，肯定还是要用的。只要还用，早晚忍不住要跟家屋头联系的。顺着这根线，能摸个八九不离十。

虽然晓得了门路，但首要的事情，是想好要扮演的角色。老李叔儿说他当年追凶的时候，扮演的是叫花子，整天穿着破破烂烂的，顺带加点装疯卖傻的把式，蹲守在仇人家外大半年，总算是逮到那害人的王八蛋回家看老娘。但大娘觉得装叫花子不适合小铁。小子心眼子太实，容易露相。

合计了半天，最后决定就让小铁装成是秋收赶场的，谁家有麦收有稻收就去谁家当个力夫，流动性强又够唬人眼。大娘再三提醒小铁，千万不能叫任何人知道了自己的来路。别说打死了个外头的人，就是打死了个自己村头的人，全村的人基本上也都会帮着凶主四处遮盖打眼，一旦叫人知道了来路，这条线索就算是堵死了，就连小铁自己的安全都成问题。

坐完火车转汽车，下了汽车转小巴，天黑前总算到了珠流镇。到河下村的最后十几里路本来可以打个车直接过去，但小铁害怕被人瞧见，哪有四处卖力气的力夫还打车进村子的。进村里的小公共一天只有三四班，小铁等不及，决定自己走路过去。离仇人家越来越近了，离替闫兄弟报仇的线索越来越近了，小铁坐不住，他必须要把身上的力气泄一泄。

往河下村去的路上，每隔一段脚程就在路边立着一盏泛着黄光儿的路灯。这河下，可比俺村强得多呢，小铁心里想着。每次回自己村头，小铁爹妈都再三嘱咐不要天黑了还往回赶，不要走夜路，要跟闫兄弟搭伙一起回。

那路，整整一线都是乌漆麻黑的，一盏灯都没有，人要是不在路上走出点声响来，就真是跟天地都黑成了一团。

走得心急，小铁身上冒出来厚厚一层汗，他也不擦，挺着胸口的气性向前一直走着。要说这人呢，到啥时候了也是凭个意气活着。拔刀子之前，许是差上了那么一口气，拔出来刀子了，那气是顶上来了，好像这一下子要是不冲着哪儿怼出去，无论如何也是收不回来了。

路上不断有鸣虫在叫，汩汩地涌进小铁的耳朵里。他时而觉得虫子们是在给自己鼓劲儿，喊着，冲啊，冲啊冲啊，就快抓到人了，时而又觉得虫子们是在给顺子求饶，求你了，求你了求你啦，就放顺子一马吧，他已经知道后悔了。小铁抹了把汗，用力摇晃脑袋。得把这些乱七八糟的东西摇晃出去，心不能乱，心一乱，事情就难办了。

这河下村的路，虽是土路，倒也平平整整，走路走快了会扬起土来，但每一步迈上去都能有土结结实实地顶住个脚掌，像是要帮人一把似的。沿着路的两边，种满了玉米棒子，有不少已经熟得透了，脑袋瓜子沉沉地向下坠着。小铁忍不住想，那顺子每次回家看奶奶老娘的时候，都在想着啥呢，他会不会边走边顺手从旁边玉米田里捞一把没长熟的玉米穗子嚼吧呢，他最后一次回家路上会不会想到自己有一天要亡命天涯呢。因为有路灯，河下的月亮和星星看起来没有小铁家那边的亮堂，不过也比城市里头亮堂多了。小铁看着亮堂堂的月亮和星星在半空里飘着，飘着。它们能知道我心头在想着的事儿吗，哪颗星星行行好，就正正地吊在顺子家房上，给我指个路好不好。

这一夜小铁做的最后一件事，和之后的五十二个夜晚里小铁做的事，是同一件事。他摸到李广顺家的砖瓦平房外，借着黑掉的天色，蹲到了后半夜。直到整个村子里所有的活物都睡得死死的了，就连野狗都不叫唤了，他才安静地起身儿，找个地方去睡觉。每天不管多少他也得努力睡上几个小时，因为第二天白天他还要去村里需要力夫的家里干活儿。一个不大的村子里整天晃荡着一个不知道哪儿来的外来闲人是很扎眼的，他不能闲着。

这五十几天里，大娘给他来过两次电话。每次都是从不同的座机号打过来的。问过他的情况，知道他还安生，大娘又嘱咐了他几点要留神的。要留神晚上，一般人都在晚上时候最想家，会忍不住要联系的。要留神逢年过节的喜庆日子，这种日子也是最忍不住要联系的。要留神观察他们家谁有手机，谁经常接打电话，谁主事儿，谁经常外出。

还是野小子的时候，小铁和闫兄弟一起玩儿过的数不清的游戏里，也有一项侦探游戏。扮警察，抓坏人，抓到了枪毙。扮坏人，偷东西，被抓到枪毙。那时候能想到最坏的坏人，不过也就是小偷小摸，就该抓起来被枪毙的。那时候能想到的伸张正义抓坏人的方式，不过就是拿着杆树枝装作枪，追在对方身后边叫着边一路狂跑。兄弟啊兄弟我穿一条裤子的兄弟，没想到有一天我真的来抓坏人，却是因着这样的理由，却是这样不够血性的方式。

小铁时不时地幻想，说不定哪天顺子就趁夜黑遛回了家里，正巧被自己撞个正着。那时候自己会怎样。小铁裤兜里一直揣着一把水果刀。比顺子捅死了闫兄弟的那把要更长，更锋利。小铁原本觉得最理想的状况是用顺子捅死了闫兄弟的那同一把水果刀，以牙还牙，以眼还眼。我不让你受更多的苦，也不会更少。可惜那把刀被警察没收了，当成证物了。小铁只好揣了另外一把，自己的一把。虽然天天揣着，但小铁还是不知道，万一顺子真的出现在他面前，他到底会怎么着。他会上去一刀捅死顺子吗。那他还跟顺子那样的人有啥区别。他会至少让顺子吃上点苦头吗。可是这点苦头跟闫兄弟的冤屈相比又有啥意思。

小铁进了河下村的第五十三个夜晚，晚上九点一刻左右，李广顺给他家里打来电话了。

最先接电话的是顺子他妈。顺子他妈是个明白人儿，从接起电话那一刻起，直到她把电话递出去的那一刻，小铁都压根没听出来这通电话跟其他电话有什么区别。最大的区别就是他妈讲电话的声音比平时还要小上几分。事情是在顺子他妈把手机递给顺子奶奶时才明朗起来的。顺子奶奶一接过手机就立刻迫不及待地冲着电话那头大声嚷喊了几句：顺子！顺子！你现在在哪儿啊顺子！正蹲在李家砖房后屋窗下的小铁差点没一个激灵站起来冲进屋里去。

顺子奶奶没说几句就开始哭了起来，絮絮叨叨地对着手机说些车轱辘话，一会儿怨天尤人一会儿又心疼痛惜的。这些小铁都没有听进去。他只感觉到自己脚底板的血都在向头顶涌着，身上瞬间就热成了铁板，两侧的肋叉子烫得能烙饼。他恨不得现在就冲进屋里去。大娘说过，千万不能冲动，不能让他们知道我们已经掌握了他们的情况，不然顺子把手机号一扔，换另外一个地方，一切又得从头开始。

兄弟啊兄弟我就要帮你报仇了我马上就能为你逮到这小子了兄弟啊兄弟兄弟我不会让你被老鹰叼走了似的就没了这害人的东西就要被我抓住了兄弟我都没想到过真的这么快就能抓到了像大娘那样的神人还花了十几年的工夫才报得仇来兄弟这都是你在天之灵保佑啊兄弟兄弟。

小铁守着，守着，等着，等着。从夜半等到了天蒙蒙亮，等到了村里的公鸡一家跟着一家打鸣，等到了顺子妈起了床，开始屋里屋外地忙叨起来，等到了顺子妈和顺子奶奶煮了早饭吃了早饭，等到顺子奶奶拎着板凳去村西头跟人打牌，等到顺子妈忙完上午的活计开始准备午饭。终于等到了他的时机。

顺子妈把手机放在卧房炕上，她在厨房里刷锅洗菜准备午饭。小铁从卧房的窗户悄悄地翻进了屋里。手机没有密码，按开就能看。小铁迅速找到通话记录，顶头第一条就是昨晚九点一刻时的通话记录。11 个数字。李广顺现在的手机号码。帮闫兄弟追凶报仇的重要线索。小铁的手抖个不停，他把这 11 个数字按进了自己的手机里。啪啪啪啪啪啪啪啪啪啪啪。11 个。他又一个数字一个数字地核对了好几遍。直到厨房里发出了砰砰的敲锅声。菜要出锅了。小铁把顺子妈的手机放回到原本的位置上，又悄悄地从卧房窗户翻了出去。

这件事就这样了结了。在大娘的小杂院里给大娘哐哐叩头的时候小铁没有想到，在河下村白天割稻子晚上蹲守的五十三个日夜小铁没有想到，甚至就在当天赶回城里跑去警察局举报最新线索的时候小铁都没有想到，这件事，居然就这样，了结了。这"了结"跟小铁心心念念一直想着的"了结"实在太不一样，以至于他过了很久都没能缓和过来，经常在每天早上醒来的时候还像以前一样跟自己念叨几遍我要报仇我要报仇我要报仇我要报仇。仇已经报了，可小铁的身体，好像还不知道。

但实际情况就是这样。跟大娘一开始跟他说的没太多区别。现在科技发达了，不比他们那时候了，只要找到手机号码，人就逮住了。小铁在过去几个月里幻想的各种场景，一个都没有发生。没有日夜兼程披星戴月地赶路追凶，没有四目相对甚至拔刀相向的血腥对峙，他甚至没有机会见到警察最后抓捕的场景。直到抓捕成功，顺子归案，他才知道过去的几个月里这货躲在东莞旁边的一个村子里打黑工。

小铁最后一次见到大娘，还是在那个闹市旁边巷子的小杂院里。那也是小铁第一次真的看清了大娘的长相。老李叔儿在外头街面上接了小铁，把他带回到小杂院里，一进屋小铁吓了一跳。那么大一点儿的屋子里立着七八口子人，再加上刚进门的老李叔儿和小铁，屋子一下子显得容不下了。

挨个人看过去，小铁辨清楚了坐在沙发上的大娘。大娘仍旧是那套黑色布裤子黑色布鞋子上身套着件深绿色的绒褂子，只是这次没戴头上的灰色线帽子和脸上的大夫那种蓝色口罩。可小铁辨清楚的原因还不是衣服，而是所有人都坐得站得松松垮垮的，只有大娘，还是立得那么板板正正。

铁啊，这么多人看着呢，你可别再扑通跪地上挨个叩头了哈。老李叔儿拍着小铁的肩头，一屋子人都哈哈笑了起来。

小铁不好意思起来，拎着要送给大娘的烟酒点心也不知道该放在哪边儿好。

好在屋里的人看起来应该是在开会，大家也没那么多多余心思放在小铁身上。大家七嘴八舌地说着，小铁的注意力却集中在大娘脸上。

大娘的脸上没有疤没有伤，也没有残疾不得见人的零件儿。之前小铁纳闷过，为啥大娘总是要戴着一副蓝口罩。难道就跟明星逛街都得戴口罩大墨镜是一个理由，就是怕叫人给认出来？想起七叔儿跟自己说过的，大娘是个江湖传说，江湖上很多人想找她帮忙，自然也有很多人想要她的命。

看来那些不着边际的胡说八道也不完全都是胡说八道，总是神神秘秘的大娘，必然有她这样神神秘秘的理由。小铁仔细端详着大娘的脸，像是想从上面看出来些自己琢磨不透的东西。大娘的脸，从长相上来看，就是一张每个村里都常见的婆娘的脸啊，可是又怎么看怎么不像是那种常见婆娘的脸。到底是差在哪里呢？大娘的脸上，好像泛着很多种滋味儿。就好像，那张脸要是个棒棒糖，会觉得舔一层一个味儿，一层味儿下面裹着另一层味儿。那两条放着精光的眼睛，原本就是看了叫人心惊的，现在完整嵌在了脸盘上一起看，更是觉得奇，奇就奇在，这样精气的眼睛配着这样普通的脸盘。

听了半天，小铁还是没能完全厘清屋里的几个人都在讨论什么，只理出来了个大概。好像大家在说的，不都是他们自己的事儿，还有不少的都是关于别人的事儿。

"大娘你上次托我打听的孜南那家煤矿，已经摸了一遍了，没有长相年龄符合你说那人情况的。"

"甘州咱们对点儿的那小卖部老板娘说，年底能把网收起来，可以捞鱼了。"

"我就说咱们不要帮山西那二货的忙要我说她老公就是让她自己给坑死的你说这家家户户哪有完全不偷人的我看不偷人的也不多吧那怎么就她把自己老公给逼到要杀人还被人杀了的份儿上呢你看她哭得七零八碎的指不定心里还觉得她男人死得活该呢你听她说的话她要抓仇

人还不就是为了讨回几个钱要我说咱们就不帮她。"

"老六上次带来的那个没了儿子的，已经上了北边了，走得是之前说的那趟线儿。"

"我觉得我又被人给盯上了不行我得马上搬家等我安定好了我会跟你们联系的但是为了保证安全我还是暂时不跟你们任何人联系了我不是疑心病又犯了我真的是被人给盯上了我已经观察了好几天了今天我过来在外面倒车倒了一整天绕了五六个小时才甩脱总之等我安定了我再告诉你们。"

"利安的小局被炮楼端了，得另建。"

"小安子走了以后快递那边的消息网就断了一阵子，现在有个合适的新人顶上来了，应该可以重新织起来了。"

"萝卜那边的消息，说是小八天天带着家伙出门寻人，怕是要自己干，可能得赶紧处理一下。"

小铁慢慢听出来了些眉目。屋子里这些人，虽然听口音都是来自天南海北，但是他们聚在大娘的这个小杂院里面，都是为了同样的一件事。就是追凶。不止是追自己的凶，也帮其他可怜的人追他们的凶。大娘稳稳地坐在他们中间，神情专注地听着，偶尔在某个话头下面揪起来讨论讨论。小铁眼前猛地一片模糊，稳稳坐着的大娘，双手合着端放在双腿上，俨然一尊佛像，她整个人的轮廓都飘乎乎地散发着一股金光儿。小铁看着大娘，第一次在这间小屋里见到大娘时的激动和手足无措，好像又重新回到了他的身体里。小铁的胸腔急促地扇动起来。

小铁看着端坐在中央的大娘，她的身体生出来一张巨大的网。没有颜色的网，动态的网，无限延伸着的网，布满信息节点的网。每一个节点都绑着一个失去了爱着的人的可怜人，每一处延伸出去的方向都捆着一道说不尽的故事。这网子，要去扑盖住些什么东西呢。就像蜘蛛织出来的蛛网一样，逮到了小虫子以后，这网子又该拿自己怎么办呢？

小铁来的时候，讨论就已经接近尾声了。见他来了，大家似乎也更加快了速度。没多久，屋里的人就三三两两地从杂院里溜出去，消失在闹市的各个街巷之中。等到屋里面只剩下大娘、老李叔儿和小铁三个人时，小铁扑通一声跪在了大娘面前。

你看你这孩子，不是说让你别跪了吗。大娘伸手扶他，小铁不肯站起来。

大娘老李叔儿你们是我闫兄弟和我的恩人要是没有你们我闫兄弟的仇还不知道要等到什么时候才能报得了我这不是给我自己也是给我闫兄弟也是给老闫家全家人再给你们叩几个头！

说完这，小铁分别给大娘和老李叔儿叩了三个头。

大娘，我想加入你们。

大娘和老李叔儿看了看彼此，大娘似乎有些意外，老李叔儿倒是哈哈乐了起来。

大娘，我真的想加入你们，你带上我吧！我也想帮别人追凶，想为民除害，想把那些祸害人的害人精都抓起来。

铁啊，心意我明白，但这事儿不像你想的那么简单。

你们可以考验我，我是个靠得住的人。

大娘知道你靠得住，不然也不会在你眼前露了自己的脸。但你要是干了这，过的可就不是正常人儿该过的日子了。

老李叔儿在一旁接上了一句话茬。小铁啊，我们都是可怜人，就算把仇报了，把害人的抓了，可都还在这个漩涡涡里面打着转儿。你不一样啊，你还年轻，这事儿把你拖进水里的日子也短，你往后的活头还长着嘞。我们这辈子就这样交代了。

大娘，老李叔儿，我不知道啥才叫正常人儿该过的日子。我就是觉得，这是我该干的事儿，我应该干这个事儿。

铁啊，你是个善良孩子。像我们这种日子，浸得久了，人会变得不正常。还是那句话，心意大娘领了。

小铁望着老李叔儿，像是想求他帮自己说句话。老李叔儿瞅瞅小铁，又瞅瞅大娘，再瞅瞅小铁，嘴咧了咧。

小铁啊，不是大娘我们信不过你。我们都是仇还没有报完的人，该着了得受这样的日子。你不一样啊，你的仇已经报了，你没必要。

大娘，老李叔儿，有句老话儿不是说吗，法网恢恢疏而不漏，虽说往好了想坏人总归是漏不掉，但经常就不知道哪个网眼儿太大把他们十年二十年地给疏过去了。你说那些可怜人儿的家里可咋整。有钱有路子的人，他们有法子，但咱们这样没钱没路子的人能靠啥？不就是得靠咱们自己吗？现在你们让我知道了，咱们不只可以靠自己，咱们还能靠彼此，那我就不想像以前那样活了，我就是想跟你们一起，把这些大网眼儿给补上。

傻娃子，是网就有眼儿，天下那么大张网，咱们可补不过来。大娘说着，望了一眼老李叔儿。回过头又说。我们就是些拧种，认死理儿。拧种就是有拧种的活法。大娘知道你也拧，但大娘实在不舍得。你要是还记着大娘的好，以后大娘有啥事儿问到你了，你把你能知道的消息跟大娘讲讲，就算是帮了大忙了。你家里新媳妇还等着你嘞，你还记得不。你闯兄弟不在了，你该替他一起，把你的日子过好了。

听了这话，小铁忽地不言声儿了。大娘的话像是点醒了他。

兄弟啊兄弟我那罪没少受福却还没享上一天的兄弟，你要是在天有灵，估摸也是不想我在这个漩涡涡里面打转。大娘说得对，我该把日子，替上你的份儿，一起过好了。从此以后咱们兄弟俩，就一起使着我这一条命吧。

老李叔儿把小铁送到了上一次送他的那扇大铁门前。小铁还记得那张大铁门变成怪物扑到自己身上的样子，胃里头紧了一紧。

小伙子，好好过日子。老李叔儿用力拍了拍他的肩头。他好像还想再多说点什么，手上停不下来地又继续拍了几下。不知道老李叔儿最终没有想到该说什么，还是决定把话吞回去比较好，总之，他没有再说下去。他的手在小铁肩头上停了一会儿，向前揉了小铁一把，自己掉头向巷子里走回去了。

小铁站定了许久，终于松动了一下手脚，向着大铁门走过去。他决定，从这大铁门走出去之后，就好好地先去织一下自己的那张网。

2016.2—12 初稿

2017.8 改定

夜 市

"告诉你吧，因为这夜市儿里，藏着好多事儿。"
他像勇猛的船员在深海捕鱼一样，
狠狠地用筷子冲着一条面戳去，
然后迅速地把面从汤里挑出来，
"噗"一声，长长一条面就全吸进了他嘴里。

"你知道我为啥老喜欢吃这儿的夜市儿吗？"他把一大条板儿面吸溜到嘴里，汤汁儿和辣子把他的两瓣儿嘴唇涂抹得锃亮。他一边儿呼噜呼噜地嚼着，喘着热气儿，一边瞪着油腻腻的大眼睛问我。

"便宜。"

"不是。"

"近便。"

"不是。"

"好吃。"

"不是。"

一大条板儿面终于被他的牙齿斩得粉身碎骨吞进身

体里了。他捧起碗来，吹了吹，吱溜吱溜地灌了一大口肉汤，把碗放下，仰头冲天喷了一口热气。热气腾飞上天，跟旁边煮着板儿面的锅里腾出来的蒸气纠葛在一起。

"你瞧你这人，想事儿老那么实际。"他用筷子划拉着面碗，寻找着下一条准备处决的面，"告诉你吧，因为这夜市儿里，藏着好多事儿。"他像勇猛的船员在深海捕鱼一样，狠狠地用筷子冲着一条面戳去，然后迅速地把面从汤里挑出来，"噗"一声，长长一条面就全吸进了他嘴里。

"藏着啥事儿。"

"你真想听？"

"想，说吧。"

他又仰头冲天喷了一口热气，油腻腻的汗顺着他的脖子流下来，他身上的衬衫胸前已经湿了一大片。"兄弟，你以为你了解这个世界，其实并没有。你以为你很熟悉这个夜市儿，其实也没有。今天就让兄弟我来给你讲讲，这个夜市儿到底是怎么回事儿。"

"讲。"

他把屁股底下的小板凳往我坐的这边儿一下一下地

拖拽着，铁片儿刮在水泥地上的刺耳声音跟着他的屁股一起凑到了我面前。

"老板，再来一瓶小二！还有，再加一盘酱牛肉！"他扭头冲身后大声吆喝着，尽管老板就站在我们身后几尺远的地方煮着板儿面。他用右手做了一个罩子状，拢住自己的嘴巴，附到我耳边，神神秘秘地说，"你好好观察一下这个老板。"

"来喽。"老板左手捏着一瓶绿瓶小二，右手端着一盘新切的酱牛肉，走到我们的小桌前，两手在空中同时撒开。"哐叽"一声，小木桌儿稳稳地接住了这两样东西，桌子幸运地没有塌，小二瓶子和牛肉碟子也幸运地没有碎。

"这老板怎么了，很正常啊。"

他一拍大腿："兄弟，瞧你这贫弱的洞察力！"他把自己戳在面碗里的筷子拔出来，冲着酱牛肉碟子一个俯冲，碟子里最厚实的一片儿牛肉就挂在了他的武器上。他一边嚼着肉，一边压低声音说，"你就没发现，他的双臂比常人壮实得多。他走路的姿势，脚总是腾着的，特别轻飘。还有，他两侧太阳穴外，鼓着明显的青筋。"

"天天压板儿面，可不得双臂有力嘛。你天天压你也有力。青筋在哪儿呢？青筋不就是静脉嘛。"

"兄弟，你不懂。这么说吧，这牛肉板儿面的老板，他不是一般人。其实，这一整条夜市儿街上的人呢，都不是一般人。"他把小二瓶子嘎嘎拧开，先给自己满上，又给我也满上。

"怎么不是一般人。"

"你知道在咱中国，有种奇人传统吗。这些奇人，在古时候，便是侠客，一身功夫，行侠仗义，路见不平，拔刀相助。可到了现代，功夫派不上用场了，路见不平要去警局录口供，拔刀相助还是犯法得进去蹲儿年。于是他们大多数，就成了隐客。"

"什么叫'隐客'？"

"隐身于闹市之中，或乡野之间。常人看不出个所以然来，他们也不会轻易显身。救人于危难，但旋即消失不见，路见不平先忍着，找个没人地方再收拾丫的。"他抬起酒盅，仰面饮干，仿佛自己便是个真正的侠士一般。

放下酒盅，他吐出一口浊气，又附耳过来小声对我说："这夜市儿里的人，就是些隐客。"

"真逗，看你说得跟真的似的。"

"什么叫说得跟真的似的！我当你是哥们才跟你说这。我跟你说，我可是顶着雷跟你讲这些的。"他愈发情真意切，眼睛瞪得浑圆。

"至于吗。"

"怎么不至于！这些人从来都把自己的身份隐藏得极深，因为他们仇家在外，一旦暴露那就是遗患无穷。正可谓天机不可泄露，所以我跟你讲的，你可绝对不许跟别人说。不然咱们肯定都会惹麻烦上身。"

"那你还跟我说。"

"哎呀，不是你说你想听的嘛。"他划拉着板儿面碗里漂着的最后几条面，余下的面已经既不粗壮也不长，似乎不再能引起他的兴致了，"你好像不相信我啊。"

"哥们儿，不是我不相信你，实在是这事儿它有点……"

"我跟你实说了吧，"他把筷子从汤碗里抽出来，摆在桌面上，"我不是无缘无故跟你瞎扯的，我真是有亲身经历了的。"

"哦？"

他像下定了某种决心般吐出一口气。随后把身子坐正，表演性十足地用自己刚抓过酱牛肉的油腻腻的手向脑后拢了拢头发。

"你知道，哥们老加班，还他妈没有加班费。就那天，一个多月以前吧，有那么一天，他妈快两点了我才从公司出来。半夜加班，当然只有一个结果，那就是饿得前心贴后背，得吃宵夜。我就拐到公司后面的一道小巷子里吃大排档麻辣烫。你知道，那个点儿，吃夜市儿的都是像我这种刚干完活儿的加班狗。就一个人，看起来就不太一样，显然不是个有工作的样子。那小子就坐我斜对面，吃的时候我就觉得，那小子看我的眼神不老么对。那时候也没多想，就觉得人家可能跟我一样，都饿得发慌了。"

他扭头看了看四周，似乎是在查看有没有人偷听我们俩的对话。"结果我吃完想从小巷子里往外走，就被那小子给拦住了。你说现在的小孩儿，打个劫嘛，你就打个劫呗，我也不是说就非得怎么着你是不是，给钱就是了嘛。谁知那小子上来两脚就给我踹倒了，那条巷子可能来来回回还有人走着，他就拖着我脖领子给我拎到旁边一条更黑、更深，那种半夜根本连个鬼影子都没有的小巷子里。拖进去又是一顿踹，刀子也亮出来了。"

他像是再次心疼起自己的身体来了，左手抬起来轻抚着脾和胆的位置，右手擎起酒盅，又一个仰面饮干。"兄弟尿啊。尿。这辈子没那么尿过。说句不好听的，当时真是哭爹喊娘涕尿横流地求他别杀了我，要多少钱都给。不过也不知道哪儿得罪那小子了，好像他也对我的钱没多大兴趣，就是一脚接一脚踢我。后来我琢磨，难道是我吃麻辣烫的时候招惹着他了？但我左思右想，我也没干啥呀，连个眼神儿也没多递啊。想不通。得，不说这没用的，扯回来。就在我叫得撕心裂肺地想着完蛋了今天真交代在这儿了明天早报社会版会有一行黑色小标题：男白领深夜倒毙小巷中尸体无人认领。就在这时，你猜怎么着？"

"怎么着。"

"靠！从那小巷子左侧的墙上飞身下来一个人！他身高八尺，梳着平头，身轻如燕，目光如炬！那真真的是目光如炬，我都被人踢得眼冒金光了还能看见他的目光穿透了整片黑夜投射在我身上。那真是我这辈子绝无仅有的时刻，那一瞬间我就豁然明白了为啥古代女人一旦被侠客救过了就非得想要以身相许给人家。哪是为了报恩呢，纯粹是被侠气所折服倾慕了好吗，我他妈一个汉子在那种时刻都想以身相许了真的！"

"呃，从墙上……飞身下来……墙有多高？"

"至少三米往上。这还不是绝的哥们，绝的还在后面。拿刀那小子瞧见这情景估计也是心里一惊，二话不说挥着刀就要上去挑那侠士。侠士大哥轻轻一抬腿——你别笑，我没逗你，真他娘的是就那么轻轻一抬腿，那把刀居然妈的就从小子手里飞出去了。我都根本没见着侠士大哥的脚踢到那小子身上的任何地方，那刀就飞出去了！我靠当时我就倒抽一口冷气，浑身的疼都给忘到大西洋去了。"

他给自己又倒满一杯酒，伸出食指和中指夹了一片酱牛肉送到嘴里，豪迈地咯吱咯吱地嚼着。我能想象，现在他脑中为我们设想出的情境是至少回到了五百年前，我这个小弟陪着他坐在打尖的客栈里，吃着牛肉喝着酒，接下来他的角色不是英雄救美的英雄，就是英雄救美的美。

"我跟那小子都彻底惊呆了，但那小子很快反应过来了，他抬起腿来就想往侠士大哥身上踹——可能那小子会的唯一本事就是踹。但是你知道的，对于有真功夫的人来说，这小子简直就是一只蚂蚁一样。连蚂蚁都算不上，根本就是个臭虫。"他从鼻子眼儿里喷出一口轻蔑的气，又伸出手指夹了一片牛肉送进嘴里。

"侠士大哥又是微微一抬腿，一抬腿，一抬腿，那小子踢出去的脚就都扑空了。接下来发生的就更精彩了：侠士大哥一个螺旋跳起，他的整个身子在空中至少转了三圈——可能得有四五圈，天太黑有点数不清——然后黑暗中响起清脆的'啪啪啪'三声，那小子便头朝下脚朝上飞跌出去，狠狠砸到水泥地上了。就这么'啪啪啪'三声！侠士只要一出手，就是定局，无须再多话。那小子立刻就消声了，一动不动扑地上，估计昏掉了。"

"这，不太合法吧……"

"你这人看待事情怎么总是那么刻板！不是我说你……唉，算了，我还是不说你了。"他摇了摇头，额头前油答答的刘海儿随着他脑袋摆动的速度左右打着晃儿。他拾起酒瓶，给自己倒满，又给我添了少许，"我还无比清楚地记得，那晚侠士大哥不愿走到我身边来扶我起来。后来我琢磨明白了，他是怕我认出他来，给日后留下隐患。他远远地站在墙边的阴影里，淡淡地跟我说了句，'兄弟，报警吧。别说我来过。'然后你猜怎么着？"

"怎么着。"

"侠士大哥就那么'嗖'的一声儿，跃上了那三米多高的墙头，不见了！就活生生在我眼前！连个助跑都没有！就原地那么'嗖'的一声！"他用手把刘海儿向脑后拢去，眼神中灌满了神往。"我这人吧，虽然尿胆包一个，遇事儿会犯怵。不过呢，我脑子还可以，是吧？等那晚的事儿过去以后，哥们彻底冷静下来了，仔仔细细来来回回地琢磨那晚的奇遇。你猜怎么着？"

"怎么着。"

他一拍大腿，腿一晃顶到了桌子，桌子一晃带动了桌上所有的碗碟瓶子都跟着一晃，乒零哐啷一阵响。"让我想起了那人是谁了。"

"……哦？"

"虽然那晚天太黑，他动作也快，我基本上没看太清脸。但是我听到了声音啊，也看到了身形。当时我就觉得，这侠士大哥怎么就那么眼熟呢？跟着接下来好几天，我就琢磨啊，想啊，我就拼命回顾我从小到大见过的所有人呢……你猜，那侠士大哥他是谁？"

"你就说呗。"

他忽然放慢了动作。他轻轻拾起了桌面上的一根筷子，捏在食指和大拇指之间，先是捏着那根筷子在面汤碗里涮了涮，似乎要给筷子洗个澡。然后，他把筷子轻轻举了起来，平行于他的眼前。筷子的屁股捏在他的指间，筷子的头儿指向我们坐着的这家牛肉板儿面摊位的斜对面。我顺着筷子的方向看过去，斜对面的麻辣烫摊位正冒着一团团白色浓稠的雾气。汩汩雾气中，坐着一圈儿食客正在不停夹食着麻辣烫。只有那身高八尺，梳着平头，目光如炬的麻辣烫老板，正裹在雾气中，给汤锅加汤、加辣子，熟练地切着各类蔬菜丢进锅里。

"你是说……"

"没错，就是他。我的救命恩人，再造父母，当代的隐客，不求名不逐利，救人于危难之间，旋即消失不见，只留下一缕淡然。"他不知是陶醉于这种情境，还是陶醉于自己的文采，总之，表情很蹊跷。他又举了半天筷子，直到发现我早就已经不再看了，才又慢慢地把筷子放在桌上。

"这……实在是有点扯啊兄弟。"

他从鼻子眼儿里挤出一声哼："我早就知道你会这么说。跟你说吧，我有证据。"

"哦，什么证据。"

"证明我没跟你扯的证据啊。这么说吧，自打我想起来那侠士就是我吃过的那家麻辣烫的老板以后，我就开始跟踪起他来了。虽然看起来他不过就是个正正常常的人，勤劳又本分，白天睡醒了就准备晚上做麻辣烫的食材，晚上就开始撑起摊子卖麻辣烫。然而这一切看起来稀松平常，并不能够逃脱我的法眼。跟踪了他四五天以后，就被我逮到他再次行侠仗义了。而且——原来还真有他妈更精彩的——你猜怎么着？"

"怎么着。"

"这次——他不是——自己——一个人！对方是五六个小流氓，半夜喝多了可能是见色起意，围住了一个也许是刚加完班的小姑娘。说时迟那时快，麻辣烫小哥从墙头就飞了下来。说实话我觉得以他自己一个人收拾那五六个也是绰绰有余，但就在他正一个挑三个时，墙头又飞下来另外一个人！这次我完全有备而来：我带了个夜视望远镜。看不清还倒好，这一叫我看得清了，那真是叫惊得我个倒吸几口冷气。那又飞下来的人，就是他——"

这次他没有慢悠悠地卖关子，而是迅速伸出了自己右手的食指，刺破我们二人眼前的空气，挥向左前方。顺着他手指的方向，我看到鸡蛋灌饼摊位后面摊着鸡蛋灌饼的大哥，正抻开面饼的豁口，把蛋液倒进去。

"卖鸡蛋灌饼的？"

"没错，卖鸡蛋灌饼的那个。"他心满意足地拍了拍我的肩膀，"怎么样兄弟，了解世界的真相是不是有些可怕？不过没关系，你会适应的。我也适应了好一阵子。"

他捏着筷子在面汤碗里戳插着仅存下来的那几根儿小面片，似乎是没叫它们粉身碎骨在自己嘴巴里，也要叫它们粉身碎骨在自己手下。"我开始上网搜集信息——网络真是个好东西——学习了很多如何分辨对方是不是武术高手的技巧，居然也找到了很多像我一样曾经被这些隐客营救过的同类。"他像想起了什么，窸窸窣窣地从裤兜儿里把手机翻出来，"你看我还加入了一个他们的微信群。我们经常在里面交流彼此的经历。"

他点开微信的图标，伸到我眼前给我看。果然，他的微信里有一个群，叫作"幸存者联盟"。

"真是不学不知道，一学吓一跳啊。你看那个烤奥尔良鸡翅的，虽然看起来松松垮垮的，身体非常放松，但他是练太极的，身体随时都处于戒备式站姿；那个卖羊肉串儿的，他走路从来都不抬后脚跟儿，脚掌跟地面保持平行，看着就跟在磨地面一样，他是习八卦的；再看那个拌鸡丝凉面的，前臂超级发达，满手都是大茧子，估计也是搞外家拳的……"

"这要是真的，你说，他们图什么呢。"

"你看，你终于放下成见，开始思考了。挺好，挺好。图什么？兄弟，你开始接近世界的真相了。人活一世，不过百十年来匆匆晃过，不说如蝼蚁一般卑微吧，对于大部分人而言能追求个活出'我愿意'已经是难上加难。你说是不是？难道我愿意天天加班累成狗还没有加班费吗，难道你愿意天天被城管追着跑来跑去就为了摊个煎饼吗。但是这些侠士们不一样。别看他们表面上看起来不过是小商小贩，但我相信那就是他们追求的'我愿意'。"

他把酒瓶子里最后的酒全部倒进自己的杯子里，仰面饮干。"妈的，早知道有这种活法儿，老子小时候一定坚持哭着喊着要去山上学武。"

我笑了笑。

"你还真别说，他们还挺聪明的。谁没事儿会怀疑夜市儿里的小摊贩们有什么特别呢。走到哪儿摊儿就能摆到哪儿，晚上再晚在街上也不会惹人怀疑，流动性又强，隐秘性又高。唉，真可谓是大隐隐于市啊。"

最后一杯干下去，他人就泄了气。可能也是想说的话已经说够了吧。

我结了账。他咕咕哝哝地又说了几句什么，我也没听清。

快夜半了，他起身告别。不管怎样，还是个明天要上班的人。

看他摇摇晃晃地彻底消失在夜市儿以后，一直在我们身后切牛肉煮面的老李坐在了我身边。老李把油腻的手在围裙上蹭了蹭，点起了一根烟，咬在齿间，又递给我一根。

"他知道了？"

"嗯。"我把烟点起，吸了一口。

"怎么着。"老李看着我。

"老样子。"

老李点点头。

我们都已经适应了。在他看来是这世间的隐秘。在我们看来，只是我们的生活。

我看着这条街上来来往往的食客们，还有我的兄弟姐妹们，又吸了一口烟。

2015.12

妈妈，我来了

妈妈说，
最后一站的站台里面，
在那个漫长幽深没有尽头的隧道末端，
有一个全新的世界。
在那个世界里，
事物的运行是借由你的想象来完成的。

很快，我儿时的梦想就要实现了。很快。

我会知道在那个漫长幽深没有尽头的隧道末端到底是什么。我是个急性子，从来都是。刚才师傅屁滚尿流地从驾驶舱里爬出去时我明白了他脑袋里面想的也是这个。真难得，他脑袋总算是动了一回。对于他很快要接受警察询问和单位审查这事儿，我深表遗憾，不过无能为力。

据说这款车型的设计时速是 150 公里 / 小时，对外号称 80 公里 / 小时，可自打出厂起它就从没享受过匹配它设计时速的行进。是不是挺像这星球上每个人的倒霉人生。

我拉高提杆，时速盘上的指针一路向右迈进。如果车厢里有人的话，现在该是大家放声号叫痛哭流涕的时刻。每个人都有深埋心底蓬勃旺盛的表演欲，这样人生中少有的刺激时刻正是合情合理释放表演欲的好时机。可惜，这次我不想带别人一起玩儿。所有乘客已经在第二站就被我全部赶下车了。对于耽误了他们宝贵的去用上班来消磨自己生命的时间这件事儿，我同样深表遗憾。

第四站的站台在车厢左侧一闪而过，留下些流光溢彩映在玻璃上。

未经调度部门通知而甩站通过，违反驾驶员守则第二章第六十三条。实习期间在未经上级批准的情况下独自驾驶列车，违反守则第八章第三十七条。未经主管部门批准在列行区间超过规定时速行进，违反守则第三章第三十三条并间接违反守则第十六章第五十二条。菩萨保佑。

真可惜，守则上怎么没有不许强行将乘客赶下车和暴力劫持列车这两条规定。太大意了。

呃，我觉得这事儿应该从开头讲起，这样比较道德。

六岁那年，我第一次拯救了我父母的婚姻。事情是这样的。一个炎炎夏日的午后，在先后用塑料吸管、玫瑰花枝、手指头和撕碎的塑料袋拧成的棍子间歇性挑逗了我爸养在鱼缸里的小金鱼儿后，我还是觉得自己对于这种生物的研究不够彻底。于是，我伸手把它捞了出来，摊在手心上仔细观察了半个小时。

这半个小时的时间里，我妈从忙忙叨叨地收拾自己在这个家里的一切物品——实际上不过只有能装满一卡车的书和她堆成山样的笔记本——到安静下来仔细观察我，再到入定般着迷地看着我用手指头拨弄那条可怜的小金鱼的腮部纳闷它怎么不再蹦跶了。

等把小金鱼放回到水缸里，我有些沮丧。它怎么不动弹了呢，就连冒着腥气的鱼食也无法令它兴奋地转圈了。可我妈却兴奋起来。她立刻把所有已经装车的书全部卸回了家里。我爸在这个过程中始终无动于衷。对于我妈的回头是岸，我爸似乎也没有归功到我的小金鱼研究行为中来。可能于他而言，我妈的情绪反复已经是家常便饭，他要是认真了就输了。

不对，不太对。开头不应该是这个。还得往前倒。往前倒。

我的生命成形在一个大学疯狂午夜毕业派对的夏夜。

我爸的大学毕业派对。你可能有疑虑，那估计得是八十年代的事儿了，能有多疯狂？呵。要我说，这就是人类的创造力和生命力正在缓慢衰退的最好例证。在我大学毕业的时候，每个人的脸上都写着"我要最后疯狂一把"这几个字和满满的欲望，只可惜，他们对于"疯狂"和"欲望"的理解似乎只限于床上运动和醉酒这类简单的模糊概念。

再看看我爸们的创造力吧。午夜疯狂派对的内容主要包括（但并不限于）：挑战人类极限类、破除教科书迷信类和迎接新生类。据我爸和我妈的零星不牢靠但至少相互呼应为证的回忆来看，他们玩儿的都够大的。在此仅作简单描述，生命宝贵，切勿模仿。

挑战人类极限类，主要包括（同样并不限于），一口干掉一斤老白干然后纵身一跃裸身横渡校内百米宽的人造湖；把香烟插入嘴里鼻子眼里耳朵眼里（据说某些男性同学同时勇敢地挑战了自己下体的某个眼儿，其目的主要是刺激某些女性同学也来效仿此挑战，但很明显这个诡计败露，我爸我妈共同的记忆是没有任何女性同学迎接这个叫嚣挑战）然后一起用力吸；从二楼（又一说是三楼）阳台纵身跃下，众人在楼下以手和肩膀环成人肉垫接之；等等。

破除教科书迷信类，主要包括以针管抽取不同血型同学之血液后互相输入彼此相斥的血液（再次强调，生命宝贵，请勿模仿）；在矿泉水中滴入致病性大肠杆菌（EPEC）实验样本之后一饮而尽；配比浓度尽量不超过5%的硝酸甘油再加入少量诺龙一组人口服一组人注射，从而研究到底哪种方式吸收速度快效果更明显；等等。

说到这儿你应该大概知道了，没错，我爸是生物遗传学的学生。我妈也是。从他们的讲述中我其实很难分辨这些学生到底是爱死了他们的专业呢，还是恨死了。我爸当时跟我妈最大的差别可能在于，我爸那时不过是一个生物系即将毕业的本科生，可我妈已经是生物系的博士后并已经成为留校讲师。

呃，好像还没说到那个午夜毕业派对的最后一项庆祝内容，迎接新生类。在耗费了大量体力和想象力的前面列数的庆祝内容结束以后，这些恐怖的青年们还是无可阻挡地回归到了人类最原始最基本的庆祝方式上来：创造生命。至于他们当中有多少是已经在前述狂欢中醉到不省人事而被动进行此项目的，如我爸，还是早在之前很久就已经居心叵测蓄势待发背水一战的，如我妈，现在已经无法说清了。总而言之，在那一晚这些还是都发生了。

在我看来，这些青年还是太不了解他们即将彻底进入的这个世界，包括自认为比其他人都更加了解的我妈在内。

显然那夜我妈是经过了精心准备的。这种准备包括忍受了一整晚胡闹的本科生精力过剩的穷折腾耐心等待到她最期待的那个原始环节，自然也包括身体上的准备。我丝毫不怀疑作为国内少有的顶级生物遗传学专家的我亲爱的母亲会为了更好地迎接我爸的精子顺利着床而服用了各种利于怀孕的药物。

说到我生命成形那一晚关于我妈的药物和我爸的酒精这个问题，我得补充两句。这就是为什么后来我一直强调其实实验数据被污染这事儿不能完全怪我。显然药物和酒精对于我的生命孕育及日后的成长是有重大影响的。具体影响有多大，那应该是我妈去监测分析，不在我的能力范围内。我只是需要提出来，我成长的并不尽如我妈意，这事儿不全怪我。

其实关于我妈怀孕，她关注的重点是得到我（多么令人感动），乃至于忽略了外因对于实验数据的污染这么重要的事情。而我爸的关注重点却在得知我妈真的怀孕了以后偏移到了"男人的责任"这种无聊的事情上来。于是他顶住了当时舆论关于男性本科生与女性博士后结合的各种奚落讽刺的巨大压力开口向我妈求婚。我妈简单评估了一下，觉得这对于自己来说不过是将范本考察时间从四年延伸到无限长且可自由叫停的一个过程，不算是巨大的损失，兴许还是个实验便利，于是便应了下来。

暂停。打住。不太对劲儿。这也还不算是开头。如果这是开头的话，我想大家会自行在脑中把我爸的形象刻画成一个魅力无边才华横溢能把女人搞得五迷三道用尽一切手段也要把他留在自己身边就算留不住他的人至少也要留下他的种的这么一个形象。这，不太对。

应该再往前倒。

在我爸刚入学的那一天开始，我妈就立刻盯上了我爸。我爸就像一块长久遗落丢失了的拼图，插进去就能补齐空缺，使我妈煎熬了多年的课题完成为一件旷世杰作。我甚至在某种程度上合理地怀疑，我爸之所以能够进入这所在国内也算不赖的大学，跟我妈有着某种抹不开的关系。可能是由于我不像我妈所声称的那样相信宿命论。世界如此之大，这个国家也着实不小，缘何我爸这块"遗落的拼图"能够未经任何安排就插在了我妈的作品上呢？

当然了，我妈否定很多事，尤其是关于我的一生。我想这主要不是因为她想隐瞒或推卸责任，只是把这一切都解释为上帝的安排菩萨的眷顾对于大家来说都更好接受而已。

我妈这件旷世杰作的课题，叫作"论嗜杀基因在亲子代间的传递——以我国历史著名杀人狂家族邹氏为例"。而我老爸，正是邹氏家族正经八百绝无分号血统纯粹的当代唯一男性后人。

呃，什么叫"嗜杀基因"？那是我妈的课题，她发明的新鲜词儿。也不能说是她发明的，暂且说是她发现的吧。呃，你不知道我们"历史著名杀人狂邹氏家族"？！你看，绕了好大一个圈儿，我终于抓到原点了。看来我应该从这里开始讲起才对。

"历史著名杀人狂邹氏家族"。没错。多么响亮的名号。盘踞在历史不可琢磨的阴暗角落里，深嵌在我们家族每个人的基因代码中，传诵在大量生物遗传学家的学术论文中（不得不说我妈绝对是其中的佼佼者）。

以下部分内容有限制级情节存在，但为说清我的故事又不得不述，请未成年及已成年心脏不好的读者捂眼略过。

有据可载的历史考证中，我们邹氏家族系列杀人狂中的第一个记录在案者，是唐贞观十二年于幽州捕获的邹林子。

邹林子，男，幽州人士，育有三子一女，被某壮士擒获时年四十有三。邹林子被擒的过程充满戏剧性。某壮士夜行数里，口渴难忍，恰路过邹氏草堂，入内求水解渴。邹氏迎其入内，面露慌色，但仍盛水供其饮用。时值夜深，妻及众子皆已入眠，但壮士却闻屋内窸窸窣窣似有物爬动之声，清晰不绝。邹氏闻声愈加惊慌，欲催促壮士饮罢离开。壮士本欲离去，转身之际竟瞥见一无头上臂自堂屋壁龛后自行爬出！壮士一脚踢开壁龛，见其后散列人体肢块若干，头颅已不知去向。邹氏见此欲以重物击晕壮士，未及动作，反被壮士回身擒获，当即扭送官衙。

据查，邹林子屋内的人体肢块乃属过路群众，不知道是不是也是口渴难忍上门求水的。后经官衙细致盘问（你懂的），邹林子供述自家林子里还埋着散落尸块若干，劫杀具体人数已不可考。邹氏一经被擒，邻居们纷纷感觉大惑得解。大家愤慨议论，就说嘛，这林子小儿天天不浇地不养猪，一家人倒吃得白白胖胖，原来是劫了邪财！

不要急着激动，相比起我们邹家的很多后辈，邹林子还不算什么。他的大名始终被记得最清楚，不过是因为他是有史可考的家族第一个而已，后辈众人纷纷表示不服。

我们邹氏一族的传奇就这样揭开了动人的序幕。邹林子被擒斩首后，邻里们终于放松了一口气。然而林子二子三子及幺女，不孚众望地在接下来的十几年间相继成为杀人狂魔，邹家名望声震州内外。其中的佼佼者邹林子之三子，后来被官方发现其在十余岁时已经协助其父杀人分尸，可说是打小培养，底子自然卓然不同。邹三子在被捕获前要比他老爹精彩许多，接连砍死砍伤衙役数十人，最后终被乱箭射死。

邹氏林子一家在逐个被擒前，早已经开枝散叶，子又生子，子又生孙，一个比一个能生，子子孙孙蔓延开去，沿着历史的脉络一路向前凯歌震天。

好了，现在让我们把历史的刻度表向前稍微推一推，时间来到了南宋。呃，我好像听到了很多不服的声音在抱怨跳得太快了怎么就这样略过他们了。不好意思啊先人们，我现在实在是有点时间有限，来不及一一讲述。再说了，就算是你们自己也不得不承认，即便是在杀人的领域里，大部分人还是不过尔尔，创意欠奉，唯有那么几个可称得上是天才的，才能贡献出少有的精彩案例值得剖析不是吗。不要伤心，历史还是会记住你们的，那就是我妈的工作不是吗。

话说，到了南宋时期，我们邹氏家族又一百年一遇的杰出罪犯邹世勇呱呱落地了。过去的三百多年间，我族的杀人犯出产量相较其他家族而言过于旺盛，已经引起了族人及其邻居的注意。不过当然了，那时候的人还不懂得如何科学地来对待这件事，族人们简单地将理由归结为：祖坟风水有问题。加之战乱频仍，于是举族南迁，远涉湖南。邹世勇同志出生以后第一件有深刻记忆的事情，便是看到家里人挥着铲子锄头刨祖坟，一根一根地从土里往外扒拉不知道是谁的骨头。

要我说，这就叫作创伤记忆。跟我个人的情况差不多。不过当你注定要犯罪，或者别人认定你就是注定要犯罪的情况下，创伤记忆这种说法也帮不了你多大忙。

据史料记载（真的难以想象这些"史料"都是我妈从什么地方挖掘出来的），邹世勇第一次杀人取骨的具体时间已不可考，但经尸骨辨认结合报官记录，可推测邹世勇那大大小小琳琅满目的骨标本收藏中的第一块藏品，应该出现在他十五或十六岁左右。说到这儿你大概明白了，在经历了童年那样的创伤记忆以后，邹世勇自儿时起便形成了对于人骨的特殊爱好。先是由盗挖别人家的墓穴偷骨开始，慢慢发展到了杀人取骨。世勇同志在自己的个人爱好之余，顺手发展起了红红火火的盗墓生意，生活滋润得不行，豪宅美妾香车应有尽有。

当捕快大人将邹世勇在作案现场当场拿下后，闯入其豪宅内专门用来陈列标本的房间，顿时每个捕快的下巴都掉下来了。这房间里悬挂及陈列满了各种人骨。颅骨们横着一字排开在长长的红木案桌上，脑壳儿都被擦得锃亮；肩胛骨们摆在正中八仙桌上垒成了一座小高塔；脊椎骨们用线连在一起，一串串吊在梁上随风摆荡着作为铃铛；胫骨们直接被拼接粘在一起做成了一座博古架，上面则摆着一些用手指骨做成的小摆设小玩具。

想象一下，你失踪多年的三舅姥爷可能此时就是挂在房梁上叮当作响的人骨风铃，你说了一声我出门买菜晚上回家却再也没回过家的老婆可能此时就是立着烟斗的那支人骨摆架。总之，群情是彻底激愤了。邹世勇同志的公审凌迟大会像个不停开设三个整昼夜的诉冤派对，激愤的群众们恨不得在刑场上架口锅就地把从他身上片下来的肉片涮着吃了。

看来，迁坟似乎无法解决主要矛盾问题。然而即便家族中已经有人预感到了这一点，还是无法阻止绝大多数族人的意愿。于是在接下来的几百年间，我们家先人们的尸骨一次又一次被堆在牛车马车驴车上，咕噜咕噜地辗转于祖国各地。我想，如果早期还是在挑选风水宝地安放我家族里那些躁动的灵魂们，后期基本上只是为了躲避祖国各地都高昂起来的对我家族人的怒火。

我还是停停先。理理思路。这样列举下来看起来是没有尽头了。我妈耗了大半辈子写了几车材料整理的这些东西，还真不是一会儿半会儿说得完的。要不我总说，学者总归还是叫人钦佩的，全世界都不晓得你抠缩在角落里到底鼓捣啥，他们还能坚韧不拔地埋头苦干，多么令人感动。

不说先辈了，应该先说说跟我八竿子打得着的人。这样似乎比较道德。

第六站的站台呼啸而过。第七站的站台呼啸而过。哐当哐当哐当哐当。

我从来都没有喜欢过地铁，我一直喜欢的都只是隧道。地铁叫人压抑，隧道却令人充满想象。打小我就不喜欢坐地铁。那时候地铁只有一趟线儿，也没有那么多人，来坐地铁的人都穿戴打扮得整整齐齐的，彼此说话都客客气气透着一股劲儿，好像坐地铁本身就是一件值得体体面面对待的事儿。虽然没什么意思，但至少他们的态度让你感觉这是种人的生活。但你瞧瞧现在。一进地铁，你就不是人了。你是罐头。你是冰鲜水产。你是待烤肉串。

你是某种指数。反正，不是人。

步话机先是吱吱响了几下，随后里面响起了师傅饱含对我和我家族中人各种人类器官的问候。我扭了一下旋钮，安静了。紧接着操控台上的调度频道响了起来，各种我没听说过的领导和负责人开始对我喊话。嗯，他们比我想象的反应速度要快，真是值得嘉奖。我按了一下红色消音按钮，安静了。我的手机不停狂响，各种信息和电话都在拼命向这部小手机里挤进来。我掰了一下静音按键，安静了。

相信调度中心会在五十秒内清空这条线路上我前面的所有车厢，暂停营运，锁站报警。如果教科书上和师傅说的都是真的，以现有的速度，我能在他们采取全线紧急制动措施之前十八秒驶进最末站的站底。

我会知道在那个漫长幽深没有尽头的隧道末端到底是什么。

损坏车辆或者干扰车辆正常运行，违反市轨道交通运营安全条例第二十七条第二项。损坏或者干扰机电设备、电缆、通信信号系统、自动售检票系统、视频监控设备等，违反市轨道交通运营安全条例第二十七条第三项。擅自进入轨道、隧道等高度危险活动区域，违反市轨道交通运营安全条例第四十三条第一项。对了，刑法第一百二十一条及第一百二十二条规定了以暴力、胁迫或者其他方法劫持航空器、船只和汽车的该怎么入刑，全然不把我们开地铁的放在眼里。真是叫人气闷。不过我也不想那么幼稚地为了可以扬眉吐气而非要去劫个机。

不管怎么说，比起我的先人们，我真的是逊毙了。

刚才说到哪儿了来着？哦，对，先说说跟我八竿子打得着的人。嗨，按理说吧，我爷爷的那点事儿，属于我妈最鲜活乱蹦的研究资料，毕竟那不是"史料记载"里头的人了，是曾与她存活于同一时空中的人。占着我爸这座近水楼台，不仅公开资料摸得是底儿朝天，就连我爷爷打小写的日记她就存着十几本，跟我们家但凡挨上点毛边儿的亲戚的 DNA 提取了几百瓶儿。从小我就听我爸我妈不厌其烦地讨论那件事儿，逐个细节地论证，听得我是完全免疫，似乎我爷爷早就已经不是我爷爷，只是教科书里常写着的那种张某 A 李某甲。

我从没见过我爷爷。亲眼见的那种。但在我的一生中他始终如影随形，伴我左右。觍着脸说句俗透了的话，有时候我好像能听见他小声儿地趴我耳朵边上跟我说话。但在我很小的时候我就知道这种事儿我不能跟任何人说，否则他们肯定会觉得我也中奖了。

嗯，中奖了。我跟我的堂姐一起发明了这个说法。这种感觉很奇妙。生在像我们这样的家庭里，长成一个杀人狂魔的过程很像是买彩票。不用你掏钱买，打你生在这家里你就揣着那张彩票了。开奖率超高的，福彩的中奖率是千百万分之一，在我家中这个奖开奖率可是十几分之一。你揣着彩票过你的生活，吃着火锅唱着歌，突然有一天，"咣啷咣啷"，摇号了，"啪"，开奖了，耶，你中了！好了，接下来的事情就不用多讲了。

堂姐成长的故事比我要凄惨些。她不仅没见过我们的爷爷，也没有见过她老爹我大爷。虽然我们俩差了快十岁，但这个诡异家庭的共同经历拉近了我俩的距离，小时候我们经常在一起玩儿，感情甚笃，无话不谈，无欢不撒。后来随着她渐渐长大，大概是愈发感觉到我妈总是跟她谈她的生理感受、拔她的头发、抽她的静脉血、拿棉签沾她的口水、偷看她的日记甚至半夜爬起来偷听她讲梦话这些事儿，叫她实在是不适，我们两家就渐渐疏远了。再后来，她到了该上高中的年纪，我婶婶改嫁带上她远走他省，我们就此断了联系。现在想来，婶婶是希望堂姐可以远离我们家吧。就算是堂姐还捏着彩票，但婶婶还是不想她每天浸泡在彩票池里看别人中奖。

不知道堂姐现在怎么样了。她会不会在新闻里看到我。

呃，扯得有点远了。还是说回我爷爷。啧啧，我爷爷。不得不说，我还是打心眼儿里尊重我爷爷。我这个从未见过面但是如影随形的爷爷。我这个异想天开但又脚踏实地的爷爷。"尊重"这个词说出口，肯定是会让不少看客心里头不舒服的，这词儿用在我爷爷身上在他们看来显然是政治不正确的。我从来没有当众说过这话，只能屁龟似的在心里念叨。我想我尊重我爷爷的原因也简单，至少他老人家干了我邹氏家族里所有人都心心念念想着却又几百年来没人敢于实践的事儿。就凭这一点，我得说我确实尊重他。他至少是抱着打算一劳永逸地彻底解决我们家族全部问题的想法才干的这事儿。

在论证关于这个的问题上，我曾经跟我妈大吵了很多次架。瞧瞧瞧瞧，作为全家除了猫以外学历最低的人，我居然会跟身为学术权威的我妈就她的专业问题而争执不休。就凭这也能看出来我对我爷爷的尊重了吧。我妈的论点是，这事儿爆发在我爷爷身上，完全是由于我们家族的"嗜杀基因"正正好在他身上显性了。但我坚持认为，我爷爷没有发疯，也并不嗜杀，他就是打心眼儿里想替政府替历史替人民解决了我们家的这点事儿，不叫政府和人民再为我家这点鸡毛事儿操心了。

瞧瞧瞧瞧，一大家族人经历了几百年时间数个朝代几十个皇帝搬了上千次家都解决不了的大问题，人家我爷爷在党的十几年感召下就幡然悔悟自我解决。这难道不是一个叫人感到激动人心的时代吗。这难道不是一个叫人体验到非人般幸福的时代吗。不管别人怎么样，我反正是激动了，幸福了。

至于这件事儿的细节，由于从小到大实在是听得太多次，我已经感到麻木。反正就是不管是听起来还是讲出来，那都像是别人家的事儿，是那种印在报纸上写在教科书里隔着电脑屏幕能看到的那种事儿，既不会引起反感也不会让人心酸。就是这样一件事儿。据我妈说，她最早引诱我爸讲起这事儿时，我爸是种种拒绝反抗闭口不谈，等到真的愿意谈了吧，又是一把鼻涕一把泪恨不得满地打滚胸作鼓捶。然而现在呢，一说起来全然是脸不变色心不跳，连腮帮子都懒得抽抽。这说明了什么。这就说明哪个大作家说过的那个道理来着：再痛苦的灾难要是一再咀嚼都会丧失了味道和弹劲儿。嗯，弹劲儿是我加的。

嗨，那就说说我爷爷这件事儿吧。得，你也看出来了吧，虽然我已然麻木了，也不避讳谈起我爷爷，但有的时候还就是不特别愿意聊这些细节。原因呢，倒真的跟别人眼里的什么家族悲剧啊，痛苦悲伤啊没有半毛钱关系。主要是因为，人呢，真是他妈的懒啊。你一说起来这些事儿吧，他们就会觉得，哦，原来你们家经历过这么惨痛的悲剧啊，那我就知道你为什么变成现在这样了。你说说，这到底有天理没有啊，这到底合不合适啊。

算了，不矫情了，还是说说吧。时间推移到二十世纪六十年代末，恰是神州大地一片火热地进行大革命的最激情澎湃的峰值时期，我爷爷作为一个祖祖辈辈出身不净根歪苗黑的代表人物早就被革去各种职位每日安心在家等待各路人马前来批斗。人马忙着去别处革命一时顾不上他时，心情好了他会出门去扫扫院子和门前的大街，心情不好了他也出门去扫扫院子和门前的大街，就这样，扫着扫着扫着，他扫出了些心灵体验来。要么说金庸才真是了解人民大众的呢，扫院子扫大街才是真心叫人能体悟人生觉悟开窍的靠谱途径，你瞧金庸作品里最牛掰的隐藏高手都是扫地僧那真是有理由的。

　　总而言之，我爷爷在各种心境的作用下扫了一阵子院子和大街以后，彻悟了人生。作为后人我们有点难以精准揣测他彻悟的具体细节，毕竟他也没有跟任何人讲过。但从他后来的表现看来，估计十有八九是跟发现我们全家的灾难，我们身边的人的灾难（说不定高度一度上升到了这个市、这个省、这个国家这个民族的灾难），其实是源于我们这支基因出了点问题（这个问题也得分别开来看待，比如我妈就觉得有这样的缺陷基因存在世界才有乐趣人类才算完整）的家族存于人世的缘故。

　　彼时，党和国家的号召已经无数次地洗涤了他的心灵，各路革命小将的教导和训诫已经一而再再而三地更新了他对世界的认识，再加上扫院子扫大街的心灵体验，他做出了一个那时候的人比较好理解现在的人有点无法理解的决定：自我了断，为民除害，为国家计，福佑万代。

确定了这个思想指导方针以后，我爷爷并没有急于行动，他还是一切照常，该参加批斗参加批斗，该继续扫大街就继续扫大街。这一点足以说明爷爷没有发疯，也并不像别人想象的那样是愤慨加羞愧才有如此举动。作为爷爷的孙子我知道，爷爷是真心想为国家分忧，为民族解难。

作为一个胆大心细爱扫地懂顿悟的老头，我爷爷执行起自己的庞大行动来是有条不紊有步有骤的。第一步，是了结前孽。他不远数十里，每日自己骑着好几个小时自行车一路跑到藏在山沟里的我家祖坟，掘坟挫骨扬灰，让前人们的孽缘随着村里的西北风而逝。这一步完成得有点波折，由于祖坟数量过多，他自己每日的工作量又有限，导致这一步就耽搁了太多时间。我爷爷发愁了几天，又扫了扫大街以后立时顿悟，忙跑去找革命小将举报自己家祖坟所在地，还谎称祖坟里藏有先辈欺压劳动人民获得的赃物。这个问题立刻迎刃而解。革命小将们组团杀向山沟里，不到一个下午的时间全部祖坟就被掘完了。

第二步，是痛陈反革命家史。爷爷把他打小听来的，所有关于我们家源远流长的家史传说都写成了交代材料，从捕风捉影代代流传的古老故事，到他基本上亲身经历的他二大爷残忍杀害我党一个地下党员和杀死数个鬼子的真实案例一一交代出来。第三步，是断除后害。在不动声色地做完了以上工作以后，我爷爷儿封电报把已经或下放或下乡到外地的我大爷、我大姑，还有拼命掩盖自己出身企图溜进革命队伍的我二大爷都叫回了家。一顿全家族团圆饺子包出来，我爷爷最后又自己给馅儿里填了一味特供老鼠的调料，全家人坐在一起有说有笑地吃了起来。

说到这里，发现有哪里不对劲儿了吗。没错，不对劲儿的就是我老爸。作为家中的最幼子，虽然出生在困难时期，但我老爸从小基本上是被全家娇生惯养出来的。饺子只咬了一口就觉得味儿不对，死活不愿吃第二口。我爷爷一个劲儿往他碗里夹，他就趁我爷爷回头给别人夹的时候把碗一扣把饺子倒进衣兜里，心想要是被老头抓住了就说打算留到明天吃。下放在外地的大爷大姑和总被其他革命小将看不起的二大爷却吃不出怪来，倒只觉得香。爷爷包的三大帘儿饺子还没吃完，我爸就发现全家都捂着肚子站不起来了。

要说我爷爷也是人算不如天算，折腾这样一大圈，还是没算到打小被他惯出来的嘴刁的我爸会偷偷倒掉他夹过去的饺子，也没算到风流倜傥的我大爷在下放的农场跟当时都还没正式结婚的我婶婶已经暗结珠胎。

嗨，怎么说呢。现在想来，可能就是老人儿嘴里总说的那句话。都是命吧。

我长到现在这么大，都不知道所谓饺子到底是什么味儿。因为打那时起，我爸就再也没吃过一口饺子，也不许我吃一口。闻都不行。我们家除夕晚上吃馒头。最近这几年改成吃汉堡了。

第十三站的站台呼啸而过。第十四站的站台呼啸而过。哐唧哐唧哐唧哐唧。

你当然可以说我有着某种童年创伤。我必须得有某种童年创伤，不然我自己都觉得不踏实。也许对于我妈来说，我目前人生的主要问题就是我的创伤不够大，至少没有大到成为杀人狂魔的程度。论嗜杀基因在亲子代间的传递。传递到我爸这儿，显然是隐性了，这一点在我妈跟我爸接触了不到三天就发现了。隔代传递到我这儿，要是再隐性了，我妈卧薪尝胆二十余年，岂不是收获寥寥。

要说我家这点儿破事儿对我的人生没啥影响，说这话那肯定是打肿脸充胖子了。你试试看，从出生起就活在一堆瓶瓶罐罐中间，说的每句话都被你妈拿小本本记录在案，青春期每次发脾气跟爸妈顶嘴吵架都能看见你妈眼睛里燃烧着渴望你掀桌子摔碗拔刀相向的热切，你肯定也会像我一样，无心向学，游戏人生，考不上大学，泡不到妹子，最后靠走亲戚后门成了一个开地铁的。

也不知道我现在发展成这样，我妈到底是开心还是不开心。也不知道今天这事儿过去以后，我妈到底是满意还是不满意。

第十六站的站台呼啸而过。第十七站的站台呼啸而过。咣嚓咣嚓咣嚓咣嚓。

要不说领导要是想要效率高的话，那效率就能实在高起来。现在伴随着我的列车冲进每一座站台，都能听到站台的大喇叭里在持续喊话：邹延祖同志！——请立刻减速停车！——有事咱们好商量！——咣嚓咣嚓咣嚓咣嚓——保护国家财产！——维护人民安全！——回头是岸金不换！——咣嚓咣嚓咣嚓咣嚓。

其实我是有过机会的。六岁那年死在我手里的小金鱼就拯救了彼时我爸妈已经摇摇欲坠的婚姻，打那以后我妈的精神振奋了好几年，而那几年里被我残酷折磨害死的小蚂蚱小青蛙小蜻蜓小独角仙则不计其数。有时候那些惨死的小独角仙小金鱼什么的给我托梦时我都在想，如果我不能不负众望地搞出一笔大的来，不只是对不起我妈，更是对不起惨死在我手下的济济苍生嘎。

你有没有体会过你身边的所有生物都盼着你能成就一件事时的感觉。那感觉怎么样。是不是挺霸道的。

告诉你个办法。如果你不断告诉自己，你自己也想要去做成这件事。打心眼儿里地想。那一切就不会显得那么糟了。

小时候我很喜欢坐地铁。每次一听说要出门坐地铁了，都把自己打扮得干干净净的，穿戴得整整齐齐的。因为说不好，哪天就会坐上地铁坐进了最后一站。

妈妈说，最后一站的站台里面，在那个漫长幽深没有尽头的隧道末端，有一个全新的世界。在那个世界里，事物的运行是借由你的想象来完成的。你想让彩虹落在地上，彩虹就会落在地上，变成一条河。你想让驴子在天上飞，驴子就会长出翅膀来，在天上飞。你想要玩游戏，就会蹦出个真人版魂斗罗来扛着枪带你一起闯关得分杀boss。

咣嚓咣嚓咣嚓咣嚓。在断断续续的明暗交替中，眼前的一切逐渐变得模糊不堪。咣嚓咣嚓从光明里走向黑暗。咣嚓咣嚓又从黑暗里迎来光明。

咣嚓咣嚓咣嚓咣嚓。妈妈，我来了。

2013.4 初稿

2016.2 修订

地铁游侠周梓虞

每日摩肩接踵走过的人们，
大声喧哗的人们，
嬉笑打骂的人们，
不间断地贡献着自己的阳气，
浸润着这座四通八达深掩地下的阴暗迷宫。

平地上咧开一个豁口，口子上糊着块玻璃罩子，转过了玻璃罩子，就能看见咧开的豁口里面长着一排牙似的楼梯台阶。顺着豁口里一排牙似的楼梯台阶往豁口嘴巴里走，越走越深但越走越亮越走越深又越走越冷。下了台阶向左拐，穿过肠道样的人行走廊再向右拐。转过去走到头又是一条肠道样的走廊。不要被走廊两侧的霓虹广告灯箱勾了魂不要被卖二手黑丝袜和仿制名牌包的豁牙子姑娘拽住腿，继续往前走往前走这走廊看着没边儿实际有头儿。肠道样的走廊走到底又是一排牙似的楼梯台阶，虽然旁边是电梯不过不要紧还是要走楼梯。别着急，别着急，马上就到了别着急。这排牙走到头再向左拐，看到第一条楼梯下面的空当处在蓝色垃圾桶旁边的那个旅客休息椅上的是什么。哦不，是谁。

还能是谁。就是你呗，可不只能就是你呗。我的大师兄我的好哥们我的灵魂导师我的无敌英雄。可不就是你呗是你呗。地铁里的游侠奇士不见阳光的周吉诃德，社交网路上爆红过四十七小时的新一轮都市传奇救普罗庸众于无趣水火的后后现代行为艺术大师。

从我走进大学校门迷了路找到路被人领着注了册找到宿舍摊开行李铺好床走出宿舍的那一瞬间开始，就被师兄你给彻底征服了。征服这词不太好，听起来好像我们之间有点什么过分亲密的肉体关系。肉体诚可贵，灵魂价更高。换个词吧换个词。就被师兄你给彻底震服了。师兄你站在新生报到注册的大广场上，左手操一面血红的大旗，右手攥一把信号时断时续的白色塑料大喇叭，声嘶力竭地冲每一个走进校门的新生高喊着：你踩进了一坨屎里还面带笑容请思考一下这是为什么！他本来为每一个人都准备了独特的饭食但最后你们满脑子里还是只想吃一种东西！难道你真的能得到所有的东西吗其实你最后什么都得不到这有那么难想得通吗！呐喊当然是没用的可是沉默令你更加可耻！……

没人知道你到底在说什么但令人意外地也没有人来强行阻拦你。这让我对这座学校的好感倍增，啧啧看呢看见没有快瞧瞧这才是大学的风范不管什么样的疯子至少都有表达的权利。我冲着你一步步走过去，乳臭未干的羞耻感扯着我的左腿新鲜人的恐惧感拽着我的右腿，但我还是冲你走了过去走过去。你的头发看起来至少半年以上没有修剪过了密密麻麻的前头帘儿从天门盖儿一直盖到了鼻子尖儿，你的牙至少有一个月没有刷过了离你还有三米远就走进了牙臭辐射区近一个月内你吃过的所有东西腐败后散发的气息笼罩着这段距离，你的眼睛喷着火脸皮反射着太阳光响亮的嗓音卷着唾沫向外砸。可我还是走向了你走向你。

沐浴在你的牙臭你的唾沫你的句子里仰望着你半个小时后你居然看到了我。你看到了我然后撂下旗子撂下喇叭直接走到我身边哐啷一声把胳膊挎到我肩膀上。

兄弟，新生来的。嗯。我是你师兄。师兄好。请师兄吃顿饭吧，师兄给你讲讲人生哲理，对你的未来很有意义。好。请师兄吃顿好的。好。咱们走。嗯。

你挎着我一路向着学校里最高级的餐厅走去，我在你的胳膊环绕下，一步甩掉了乳臭未干的羞耻感再一步甩掉了新鲜人的恐惧感，悠悠荡荡地向着天上飞了起来。一顿饭吃掉了我一个月的伙食费算什么？边吃边要感受你的口水卷着食物残渣喷到我脸上算什么？基本听不懂你在说啥算什么？从此以后我一个人的生活费要养活我们两个人又，算，什，么?！刚入学的大一新生有几千个，而你挑选了我你没有挑选任何人你就只是挑选了我啊挑选了我。

你说在大学里的全部教育都不过是把人冲压成型塑成钉子或者板子然后随手往哪儿一插反正没人在意只要大家规规矩矩。我使劲儿点着头是啊是啊嗯嗯嗯。你说如果我们毕了业就全都想着公务员大公司跨国企业工程师那么这个国家的想象力就要彻底崩塌了因为人们再也看不到其他的可能性。我晃着肩膀没错没错太对了。你说我的志向也并不大我只想要作为一个有趣的人真实的人唤醒别人内心的人有着不同选择的人而死去。我弓着身子哇塞哇塞好棒啊。

这就是我们之间一切不平等关系的来源。怎么可能平等得了呢你是易怒而迷人的宙斯随手挥下一道雷炸灭一座城而我只是跟在你屁股后面说着好好好嗯嗯嗯的小兄弟。那个时候我还不懂得，什么叫作人和人的相互吸引不是没得缘由，什么叫作人以类聚物以群分。

所以当我转过了玻璃罩子走进平地上的豁口下到一排排牙似的楼梯穿过肠道样的走廊左拐右拐右拐再左拐看到蓝色垃圾桶旁边的旅客休息椅上坐着的你时，毕业多年来靠职场升职加薪同事吹捧奉承老板赞美提携女友迁就爱慕培养出来的那点自尊跟虚荣顷刻间被你的眼神一脚踹翻。又来了。又来了。你那种眼神。你那种久治不愈的精神病人才能有的散发着神秘感的狂热眼神。一脚踹翻。什么年薪百万什么有车有房什么人生赢家。一脚踹翻。只需要你一个眼神。我不过永远都是那个跟在你屁股后面说着好好好嗯嗯嗯的小兄弟。

兄弟，来了。嗯。还记得师兄嘛。当然，师兄好。请师兄吃顿饭吧，师兄跟你聊聊人生。好。请师兄吃顿好的。好。咱们走。嗯。

你摇摇晃晃地站起身来，从头发到肩膀到腰部到脚踝都跟着一起哐啷哐啷响了起来，我看到一只张牙舞爪的巨型乌贼冲着我俯冲过来。有什么金属的东西藏满了你全身的每一处角落，随着你的每一个细微的动作发出声响。你的头发比我女友的还要长还要黑，像下油炸过的钢钎一般戳在你的头顶上，有那么几秒钟我忍不住分了神心里想着看来不洗头发真的反而会变得更黑。估计包括你自己在内的所有人都不知道你到底有多久没有洗过澡了。这才刚到三月份可你上身却穿着一件淡蓝色蹭得发白的棉布短袖衬衫腿上套着一条左右膝盖各磨出一块足以吞没半条腿的巨型空洞的仔裤。这套衣服我他妈的太熟悉了就像熟悉我自己的二十根指头一样。整个大学期间我基本只见过你穿这套衣服。唯一不同的是，那时候衬衫还是海蓝色的，仔裤上的洞还只是块装饰。

现在不管是谁见到你都会觉得你不过是这城市的地下交通网络中不计其数的乞丐之一。但你不是啊你不是我知道你不是。你肯定有你自己的原因有你自己的道理。你从来都有。你摇摇晃晃哐啷哐啷地向着我走过来走过来，你的眼神喷出激光穿透我的身体刺向人群，你走过的地方在地板上留下了两排清晰的痕迹，一切迹象表明，你居然还是你。你，居然，还他妈的是你。

我跟在你身后离开旅客休息椅绕过蓝色垃圾桶右拐左拐左拐再右拐穿过肠道样的走廊走上一排排牙似的楼梯冲出平地上的豁口转出了玻璃罩子，你扫视了一圈街景用手指了指不是很近但也没有特别远的一家饭店。我习惯性地把手插进裤兜里刚摸了一把车钥匙马上又像烫了手般缩了回来。再次见到你让我鄙视我自己，鄙视我已拥有所有的我自己。我脚下的皮鞋身上的衣服兜里的车钥匙包里的金卡，让我鄙视我自己。你一摇一晃地向着饭店走去这时我才发现你总是一摇一晃的是因为右腿不知为何瘸掉了。我跟在你的身后走着走着走着走着，脑子里响起了奇怪的旋律，似乎我的右手拎着你的大喇叭，左肩扛着那把红色的大旗。我们走啊走啊走啊走啊，如果没人喊停就可以一路向前去西天取经。

　　从来没觉得关了灯后的卧室里居然有那么多的噪音和多余的声响。从来没觉得直到现在。手机充电器的蓝色亮光微闪微闪缓慢流动的电流声噼里啪啦。空气净化器没有间断地喷出气息呼哧呼哧指示灯一会儿蓝一会儿红。女友睡中的呼吸像只不餍足的小野兽吭哧吭哧翻身的时候整张床都在跟着吱嘎吱嘎。电视在响壁灯在响。手表在响卫生间在响。

我翻身起床走到客厅把烟灰缸拉到身边在黑暗中点燃一支烟。方案排列组合，组合排列，飞散开的扑克牌般一张张落到茶几上。

方案一：给你一笔钱，再也不去坐地铁。

方案二：给你一笔钱，每隔一段时间去看看你，再也不去坐地铁。

方案三：给你一笔钱，偶尔去坐地铁顺便看望你。

方案四：不开车了，每天坐地铁去上班，抽出时间来跟你待会儿。

方案五：不上班了，去地铁里陪你一段时间，后面的事儿再说。

方案六：不上班了，跟你一起做地铁游侠算了。

方案的可行性和理智含量从高到低逐渐下降直至没有，方案的诱惑性和引人入胜倒是从高到低逐渐上升直至顶峰。

要命啊，要命。怎么每次见到你就得要了我的命。

你啊你。那段话怎么说来着？橘红色火星带着乳白色冰冠光环飞奔而来。现身意味着争端再起祸事将燃。荧惑。火之精赤帝之子。方伯之象主岁成败司宗妖孽主天子之礼主大鸿胪主死丧主忧患。荧荧似火见则避之。你生来便带着无可推卸的猩红之色。万物因你而灼炽也因你而寂灭。

你想要的从来就不是人人都想要的那些。曾经我以为我想要的跟你想要的一样。可是当你消失在我的生活中以后，我发现以我自己的勇气和能力，我连去追求一下那个所谓"我们想要的"尝试都不敢做。我在自己厌恶已久的生活里游刃有余已经开始把这当成是自己另外的一种能力了。你看，赚钱谁不会啊，又能怎样呢。好好活着谁不会啊，又能怎样呢。又能怎样呢。

如果不是一上大学就认识了你我也不会挂掉那么多科整天神魂颠倒成了同学眼中的神经病偏执狂。如果不是你的眼神你的胡言乱语你的蛊惑我也不会晓得原来这个国家也能制造出不一样的人和不一样的人生。如果不是我大二你大四时你无缘无故地人间蒸发我肯定毕不了业找不到工作也不会拥有现在的一切。

然而在这所有的一切当中，我是拥有选择权的吗？

真的有过吗？

晚饭时你嘴里同时嚼着鸭肉鱼翅和芥蓝口齿不清地问我，你还记得小伍吗，我那个兄弟小伍？我怎么可能不记得小伍，你的兄弟小伍我的兄弟小伍。如果不是小伍我还不知道像自己这么铁直异性恋的家伙这辈子居然也会因为一个男人而对另一个男人的感情产生羡慕嫉妒恨的情绪。小伍，你最好的兄弟宇宙间最理解你的男人，只要有他在我不管如何努力也只能是你的兄弟 NO.2 不管如何奉献我对你的狂热追随也只能是你的死忠第二号。哈没错，小伍。古灵精怪的小伍，长相精致的小伍，人高马大总是在打架时把你护在身后的小伍，跟你一起瞬间就消失了的小伍。你们同岁、同级、同屋，小伍天然地具有比我更能够跟你亲近的理由，小伍是你粘连的手足我不过是小你们两级的稚嫩师弟。

小伍，当然记得啦，咱们那时那么要好。当然我记得小伍。

哦。小伍死了。他死了。春节时满街都在放炮仗，他就在那时死了。地铁里到处是声响，不死在炮仗里他也会被地铁里冒出来个不停的声响给撑死。

只有在说这段话时你的眼睛里暂时失去了那种久治不愈的精神病人一般的光芒。你的脑袋微微垂着，胳臂麻木机械，粉丝汤在你嘴里刺溜刺溜绵延地噬响着，这一碗粉丝大概全部连在一起，你除了一口气把它们整碗吸进肚子里之外没有其他选择。小伍死了。他到底是被炮仗震死的还是被地铁冒出来的声响给撑死的。再多一点你也不肯说。

原来是这样。小伍死了，所以你来找小伍的替代品阿翔了。是这样的吗？我只是小伍的替代品，备用的螺丝钉？是这样的吗？多年职场的磨练对我不是没有一点作用，我憋住了，没有问出口。瞬时又一股浓烈的伤感涌到胸口。小伍是替我死了的。虽然我对他们的细节一无所知但我有了一种明确的感知，小伍是替我死了的。原本该死的是我。可现在却变成了他。

你们那时候到底跑到哪儿去了。

腾冲啊，我当时就跟你说过了。中国最后的净土连绵不绝的山野林最后做隐士的机会穿过边界冲向亚洲就像五十年前我们癫狂的前辈们一样成为无界的骑士。

那小伍呢，发生什么了。

小伍，死了啊。春节时满街都在放炮仗他就在那时死了地铁里到处都是声响不死在炮仗里他也会被地铁里冒出来个不停的声响给撑死啊。

那你呢，你为什么又回来了。

不能拒绝。没有办法拒绝。鸡肉的脆骨在你的后槽牙里嘎嘣嘎嘣嚼得稀碎。

不能拒绝什么。

不能拒绝拯救这里的人们的希望。没有办法拒绝。海参一条紧接着一条吸溜进你的喉咙似乎你的牙齿长在喉咙里。

第三支烟熄灭在指尖。烟灰撒了一地。黑灯瞎火的我除了亮着的烟头其他别的什么根本都看不见。但是烟灰落地的声音在一片寂静中轰轰作响，因此我知道烟灰撒了一地。我点起了第四支烟。烟头烧着烧着它在呼吸我没有只有它在呼吸。

你说你不能拒绝拯救这里的人们的希望。你穿着一身已经快十五年没有脱下来过的衣服拖着至少三个月没有洗澡的肉体对我说你不能拒绝拯救这里的人们的希望。你比流浪汉还居无定所比乞丐还要失魂落魄现在地铁里努力工作的乞丐每个月都能收入上万而你对我说你不能拒绝拯救这里的人们的希望。如果我是个正常人我就应该当着你的面哈哈大笑或者有涵养地请你大吃一顿以后默默离开再不往来。如果我是个正常人我就应该像每个混得比我好的同学朋友教育我那样就像我偶尔也会去教育没我混得好的同学朋友那样对你语重心长地说小周啊你不能这样下去了真的不能这样。

我应该是个正常人吧。至少没在你身边的这十几年我看起来完全像个正常人了啊。我工作认真升职迅速年薪百万有房有车受人仰慕马上就要迎娶白富美成为人生大赢家。我看起来完全是个正常人了啊。

掐灭指尖的第四支烟。

没什么值得再犹豫的了。就按照方案一来。

我是个正常人。

如果不是要来地铁见你，我真的已经快要忘记了自己每天挤地铁上班的那段日子。把地铁盖成这个屎样子，他们绝对是故意的。我想不到有其他可能。绝对是故意的。阴潮曲折的通道，稍不留神就会迷路的各种走廊，潜伏着不明物体和眼神的每个拐角。每日摩肩接踵走过的人们，大声喧哗的人们，嬉笑打骂的人们，不间断地贡献着自己的阳气，浸润着这座四通八达深掩地下的阴暗迷宫。

你为什么非要选择在地铁里。关于地铁有过无数的都市传说。消失的站台。废弃的线路。求欢的厕所。镇住的墓穴。锁着的龙王。咒符状的换乘线路。有过数不清的都市传说，而你成为最新一个。行踪神秘诉求不明不着边际的地铁游侠。我并不喜欢地铁，那里永远浮动着撇不干净的重重浮躁，卷着沫子拍打每个走下来的人。每个人都卖力地把自己的疲倦、怒气、烦闷、不平、困窘、泼皮甩进地铁里，似乎只要这样在走出地铁的时候就能一身轻松了。一身轻松地去迎接新一天的自己一点不喜欢的工作，一身轻松地回家面对新一夜的自己一点不喜欢的生活。

这就是你选择地铁的原因吗。就像当年你选择了腾冲的原始密林一样。

我的长条真皮包里埋着一坨板砖儿那么厚的钞票垛。真的走进地铁里来，猛然觉得这样有些欠思考。你连个包也没有，身上所有的衣物瞥一眼便一览无余，能把钱藏到哪里呢。不过来都来了，我也不打算再把钱带回去。今天我们就得有个了断。我已经再也等不了了。大不了把我的包直接送给你。

我不打算跟你讨论那些我自己一点不喜欢的工作和一点不喜欢的生活。我知道只要你一开口，所有事情就会像射出去的箭头一样没有回头路。把钱甩给我我就走。心脏跳得比脚步还快，我很为自己担心，因为心脏在提醒我，我根本就是期待着什么。

转过了第三个拐角，走上第四条换乘通道，我猛然意识到，这就是你红透大江南北的那条网络视频的拍摄地啊。前天我又把那条视频翻出来反复看了好几遍。我一下子放慢了脚步，走廊跟着一下子变得更长。没错没错就是这儿。你"地铁游侠"称谓的最初原点。你网络上爆红过四十七小时新一代都市传奇的发源地。

视频里光着头挂着金链子脖子上露着龙文身的糙男人对一个妆容浓厚不停尖叫的女人又拖又拽又踹，女人号叫得气都喘不上来了男人每隔三十秒就上去一耳光。所有行人纷纷低头潜行迅速离开没有人打算掺和进来。这点儿事儿还叫事儿吗没路过了十几遍你还好意思说你是个坐惯地铁的都市白领？然而此时话外音传来你的大喝一声，王八你个猪猡！随后拍摄视频的手机抖了三抖，画面里飞出来一只瘦成晾衣杆的你的腿。谁又能想得到呢，这个五大三粗的男人原来如此不中用，一只"晾衣杆"就把丫掀倒在地。视频上飘来一大波弹幕的评论，网友们热议着王八为什么会成为猪猡，而这是否是地铁游侠的标志性口号。也有网友在赞叹，这个手机拍摄者真是个合格的突发事件记录人看呐他的手几乎都没抖为大家提供了稳定的高清画质更值得称道的是在如此紧急的时刻他居然还没忘记把手机横过来再拍！只有一个好心人用高亮字符提醒大家：前方高能请注意！龙文身的男人一个鲤鱼打挺站起身来，我靠被掀倒了屁股疼是小事丢了咱金链子加文身一族的面子可是大事！男人大蟹钳子一般的手直插过来瞬间钳住了你小童子鸡一般的细脖子，你的气都要喘不上来了憋红了脸吐着气说，王八你个猪猡……手机拍摄者过于专注于捕捉你的表情及渐变色的瘦脸特写，忽略了你下半身的动作，导致在视频画面中我们只能看到龙文身的男人突然脸色一变倒地捂裆。尽管这算是个拍摄失误，不过好在这种喜闻乐见的桥段大部分观众都有能力脑补出来。作为优雅的胜利者，你并没有像很多人那样乘胜追击在这具倒地颤抖的身躯上多补几脚。你涨红着脸喘着粗气，气儿终于捋顺了以后对着走廊上看呆了的人民群众振臂高呼，索多玛的罪恶必将融化在真正的大写的人的热诚之中！你在等待什么？你们都在等待什么？！如果没有那句谜语的最终降临你们是不是就要永远捂上自己的眼睛走下去？再也没有什么洪水了有的只是无声的沉默堰塞！画面忽然生硬地一切，远远看到走廊尽头里慌张地跑过来两位警察叔叔。刚刚看呆了也听呆了的人民群众根据个人领悟力和观察力分拨分批由震惊中苏醒了过来立马做鸟兽散。称职的手机拍摄者在结束拍摄之前还不忘把画面再次切回到你的脸部特写，定格、晃动、拉伸、定格、黑屏。啧啧看看啧啧，伟大的新媒体，伟大的智能手机，伟大的立等可取，每个人都有可能临场成为一位合格的导演。

这条视频在社交媒体发布出来短短四个小时以后，就刷爆了全国各大网站和微信朋友圈。全民都在热议，这个神经病到底是谁。很快有网友给你取了一个酷炫的新名头：地铁游侠。紧接着更多不甘寂寞的手机电影导演接连晒出他们拍摄到的你的游侠视频：你规劝一看就是假盲人的乞讨者回头是岸归家种田；你帮肚子看起来已经不小了的孕妇在早高峰时刻撞开一条人肉通道护送她上车；你倒地不起翻滚撒泼掩护手机贴膜摊摊主收拾细软躲避城管的追查……

十八个小时以后，有漫画家画出了以你为原型的同人漫画《地铁游侠》。二十二个小时以后，你曾经的大学同窗终于爆出了这个神经病叫周梓虞，还发布了一条帖子详述你在大学时期就表现出来的异于常人的经典往事，里面还捎带着写了我几段，帖子中我的名字被打成了三个 ×。二十九个小时以后，一家号称"永远走在事件最现场"的新媒体发布了对你的独家采访视频，这段仅长三分十二秒的视频以你满脸热切地解释巨大的谜语、地铁中游动的灵场和爱的意义为开始，以你跟采访的记者一言不合你抬起屁股就走进地铁车厢为结束。三十五个小时以后，视频剪辑高手把在网上能找到的关于你的全部视频整合起来剪辑成了一条仿如好莱坞大片预告片一般的小电影，可惜尽管剪辑高手花费了很多时间在做特效上，这条剪辑视频的转发率始终没有超过第一条原始视频的热度。四十二个小时以后，关于你的讨论在社交网站热点排行榜上掉下了前三名。四十七个小时以后，新的话题崛起："广场舞大妈形成复杂利益及社交圈，一切没有你想象的那样简单！"关于地铁游侠你的热议终结于对新兴政治经济实体广场舞大妈的再认识。

四十七个小时以后，仍然在讨论你的，只剩下了我们的大学同学微信群。在新婚燕尔的陈×亮不肯放血抛更多的红包到群里给大家抢于是遭到了众人长达一周的耻笑辱骂调侃之后，这个聊天群已经沉寂了许久没有爆发出热情了。而你，给了这个像他们的主人同样赖死不活的微信群全新的活力。大家热切地讨论着关于你的各种话题。我发现，每个人都对你印象深刻，即使你根本就不认识也不记得这个群里的绝大多数人。

"周梓虞那时候走到哪儿都爱扛着一面红旗你们还记得吗！走一会儿就站住脚把旗杆插地上，然后不知道从哪儿掏出个喇叭就开始演讲。"

"没错没错我就看见过好几次，我就记着他嗓门超级大，具体说什么我都忘啦……"

"是苏联红旗还是我国红旗来着？"

"哼，他最爱谈的话题是如何解放自我什么的。放弃一切灵魂超脱什么的。"

"靠，还不就是自由派那一套，扛什么红旗。"

"你们懂个毛线，丫应该是一左派，什么自由派不懂别瞎说。"

"这不对啊，看视频的情况，他应该是有基督教信仰吧，索多玛都上来了。"

"好像就是纯红色的旗，可能就是一块红布套在一根竹竿上吧，既不是苏联的也不是我国的。"

"我在网上看人家说，他现在什么都不干，就天天游荡在地铁一号线的车站里，而且红了以后还经常被警察和保安撵着走。"

"丫就神经了吧，他家里人看见视频应该把他送精神病院呢。"

"哪天去一号线拜访拜访，真没想过一个人神叨居然能神叨一辈子。"

"真没想到跟这种傻逼一个学校毕业的，靠。"

"切，傻逼没毕业好吗，肄业的，毕业前跑了吗不是。"

"他肯定是挂科挂太多，不跑也毕不了业。那你说他考大学图什么呢，他小学毕业不也一样能在地铁里要饭吗？难道以后当乞丐也他妈讲究学历了。"

"就是说啊，听说他毕业前号召全院的人不要写毕业论文了跟他一起去云南改造边疆还是什么的。你说怎么还有这样的人呢？"

"幸亏 @ 阿翔 没跟他一起跑了，要不然现在肯定惨透了。"

"唉，对了，@ 阿翔 那时候不是老跟周梓虞一起玩儿来着。"

群里 @ 我的人越来越多，似乎我这里私藏着什么宝贵的信息，这时候不拿出来跟众人分享就像不撒红包的抠门精陈 × 亮同样可恶。

我抬起手机，点击删除并退出群。

世界又清静了。

皮包里的硬板砖顶着我的腰。我把包稳稳地夹在左臂和身体之间，包里面那块硬板砖顶着我的腰。这条走廊走到底，下了楼梯向左拐再下一条楼梯向右拐，这次我还没有打招呼你的目光就已经迎了上来。你软答答地倚靠在旅客休息椅上，看起来随时都要化成汤儿顺着砖缝儿流进下水道。

来了，师弟。

嗯。我坐了下来，坐在你身边。你身上强烈的气味直冲过来，生硬地钻进我的身体。

我就知道你会来。

一阵强烈的逆反拱到我的喉咙处。你脸上的表情再怎么算不上得意扬扬在我看起来也是得意扬扬。你这简简单单的几个字就像我浩瀚记忆的索引卡片，一翻"我就知道你会××"的前缀词就呼啦呼啦飞过来一大片硬邦邦的档案册。小时候的保姆童年的玩伴中学的老师大学的同窗爱过的女人单位的上司。老子他妈的就是一个这么好预测的人吗，我自己都提前预测不了我的人生怎么你们他妈的个个都觉得自己能预测得了。

我把皮包甩进你怀里，没有说话。

你连拉链都没有拉开就扔回到我怀里。

这是给你的。我又扔过去。

师弟，我不要你的钱。你又扔回来。

那你想要什么。我又扔过去。

我要你的人啊。你又扔回来。

我靠。完蛋了。

哎哎哎那个小男孩儿你不要乱跑乱叫了好不好你这样让叔叔很为难呐你看这里所有的座椅都被你踩过一遍了地板上到处都是你的唾沫妈妈有没有跟你讲过你这样子会丢掉小鸡鸡的啊。阿翔啊你知不知道为什么一定要在地铁里而不是在腾冲为什么一定要在这里的地铁里而不是在山里我花了三年的时间才想通了这个问题。同志你这样说话就不对了嘛什么叫你不骚你最香你下面夹的是香囊呢我真是理解不了再说了人这么多踩两脚算得了什么呢这位女同志也不是故意的嘛你看我也踩你了哎哟我又踩你了哈哈我还踩你了你赶快也来踩我啊。师兄啊我觉得也许是因为应该被改造的并不是自然而是人类本身所以待在山里没有用还得来人最多的地方才有意义。这位大哥你嗓门那么大是想吓唬谁呢手掌那老厚是想呼谁呢你是不以为看着瘦看着怂的人就真的没力气就真的任你欺负了呢我也瘦我也看着怂你怎么不来吓唬我呢你吓唬我试试赶紧点儿的。师弟啊你快要说到点子上了不过还是差了那么点意思经过多年实践我发现你不要总是想着改造世界你越是想越是改不动。嗨嗨嗨我说那位小伙子你能不能抬头看看呢都撞了两次柱子了总是盯着个手机不抬头是不是你手机中了狐妖病毒了啊她把你眼珠子拴到屏幕上了是怎的。师兄啊那你倒是说说看我们该怎么办呢。

我们俩蹲在地铁站台靠中间位置的换乘通道旁边，一条条人腿在我们眼前迅速地晃过。穿着裤子的，光着的，白净的，糊满毛的，黑丝包着的，快露到大腿根的，裤脚过长的，露出脚踝的，颤悠着肥肉的，瘦得只剩骨头和皮的，蹬着名牌皮鞋的，踩着人字拖的，快得像搅拌机似的，慢悠悠摇晃的。就连腿，就连抛开脸抛开身子抛开表情的两根大腿，都能看得出人和人之间的不同。

师兄啊那你倒是说说看，我们该怎么办呢。我以为你没听见又问了你一遍。我为啥非得问呢。因为我得知道。我为啥非得知道呢。因为即使我逃不掉也想死个明白。

你把目光从一根根五光十色的腿上挪开，转向了我。你掀起你脑门前面钢筋一般的油硬发帘儿露出眼睛来，又慈爱地把黑乎乎的手伸到我脸前拨开我快一个月没有洗过的油光锃亮的头发露出我的眼睛来，对准了。

我们得去爱，阿翔。爱这些垃圾，爱那些糟粕，爱这个看起来马上就要完蛋的世界。爱他们所有的，爱他们的所有，爱他们到时光尽头。我们会受很多很多的苦，阿翔，我跟你一起。但是我们要挺下来，我们能熬到头。我们不要把这些当成是忍受，我们要带着自己的勇气和热诚，站到他们的另一边去，但是又跟他们站在一起。让这所有的一切发生，直到让我们自己都感到惊奇为止。

你用指尖点了一下我油光泛起的额头。阿翔，记住师兄的话。没有任何的恨可以永远充满力量，或者改变什么东西。只有爱可以。真正的爱可以。

我的额头被你点过的地方顶出了一道光烧开了一个洞，剧烈的灼痛感围绕着那个洞，飞出来的光像长了翅膀一样四处飘舞点亮了整座地铁通道照射在每张人脸上。光不会散尽了再也不会了它也不会减弱。在光顶出来的那个洞上长出了一只疲惫而炯炯有神的大眼睛大到可以吞掉我的整颗头颅。你晃晃悠悠地站起身来往通道的另一端走去，我也马上跟着站起身来起得有些猛了顿时感觉天旋地转一般连站都站不稳，但是你还在向前走着我必须跟上你啊我只想跟上你我只能跟上你。我摇晃着晕乎着眼前一片朦胧着只有你的背影异常清晰，我跟在你的身后走着走着走着走着脑子里响起了奇怪的旋律似乎我的右手拎着你的大喇叭左肩扛着那面红色的大旗我们走啊走啊走啊如果没人喊停就可以一路向前去西天取经。

之前我也想过为什么你非得要我的人。只是因为小伍死了而你需要另一个人在你身边。还是因为你要的是我是独一无二的我就像那年开学时新生几千人但你挑选了我。我设想了各种理由有的异常简单有的堪称阴谋论。可是。为什么堂吉诃德身边非得有桑丘。为什么福克先生身边非得有万事通。为什么唐僧去西天非得捎带着孙悟空。当然了，孙悟空的故事跟桑丘和万事通截然不同。他跟唐僧和如来之间的故事太多，纠缠千年，说不清，很难讲是谁捎带了谁谁又渡了谁。我们也是同样。

我越来越少回家而是每天跟你游荡在这个城市的地下世界中，白天我们流转于一个又一个的站台一条又一条走廊一排又一排台阶，晚上我们蜷缩在监视器的盲点角落湿臭的站台厕所铁轨深处的暗室。手机早就被我扔掉了公司也把我除名了上一次我回家取钱迎头撞上女友跟我妈在家里守株待兔。女友哭得满地打滚我妈捂着胸口呻吟阿翔啊你疯了你疯了你真的疯了我们得把你送到医院去你要是没疯你怎么会像现在这样跟一个疯子每天混在一起什么都不要了你这不是疯了是什么。妈我没疯我挺好的我真的挺好的我只是不想要之前那样的生活。什么叫之前那样的生活那样的生活怎么了大家不都是那样的生活吗你之前不是活得好好的吗。亲爱的妈妈我从来没觉得之前那样的生活算是活得好好的我每天都在走动但是我一直没有睁开眼睛我好像做了很多事但是那对这个世界和我自己来说没有任何意义。你到底想要什么意义呢孩子啊你聪明伶俐升职加薪有车有房娶妻生子你到底还想要什么意义呢你是不是过得太顺了非得给自己找点别扭啊。妈妈啊我确实聪明伶俐升职加薪有车有房娶妻生子但我不想就用这十六个字涵盖我的一生啊我拒绝这样无趣的生活。孩子啊你真的是疯了只是你自己还不知道你这个样子拒绝的不是无趣你拒绝的是一个正常人的生活拒绝的是健康活下去的希望啊。哦妈妈我亲爱的妈妈如果是这样就请允许我拒绝吧请允许我作为一个有趣的人而死去吧。

来吧，来吧，孤独的游侠骑士周吉诃德和他忠实的朋友翔丘，游荡在这座城市地下四通八达的血脉里，用自己的无能和疯癫卖力清除着这城中的血栓和梗阻，期待着不可能中的可能，爱这不可救药的乌糟，爱这无路反转的破败，爱这即将崩坏的世界。

　　就像那谁说的那句来着？

　　我已经真的失败。然而。我胜利了。[1]

2015.5 初稿

2016.3 改定

---

[1]　此句摘自鲁迅短篇小说《孤独者》。

谜·藏

父母留给他的这间两房一厅小公寓，
就是他在这座沙之都中建立起来的堡垒。
虽然因堆积满各类藏品而在视觉上显得狭小局促，
却是他无比坚固的堡垒，
据此便可抵挡住一切。

他要找的那本书根本不在他查询到的图书检索码上标注的那一排书架上。这可糟糕了。难道这本书根本就不在书库里，只是图书馆还没有及时更新他们的借书系统？头顶的叶状风扇慢慢悠悠地嗡嗡转着，搞得他脑子里面也随着一起嗡嗡响着，站在那排书架前一时有些不知所措。

　　不能就这么算了吧。叮叮咣咣地坐了六个小时的火车来到这座西部城市，就为了找到这本书，总不能因为它没有在它该在的地方就算了吧。本来嘛，要是一切都是手到擒来的，自己做这些的乐趣又在哪里呢。他这样给自己打着气，活动起手脚来，向着馆藏尽头处的第一排书架走去。就从第一排书架开始扫架吧，他决心要逐本过目完这座图书馆里的所有藏书，直到自己找到那本书为止。

这座西部小城市的图书馆真是有够不像话的。架上的书目凌乱不堪，一看就很久都没有经过排序整理了，随心所欲地胡乱插在一起。看起来管理员对馆藏的这些书进行的唯一管理，就是把养生书财经书励志书畅销小说武侠小说都堆放在了入口处的前两排架子上，其他书则扔在里面的架子上任其落灰。虽说有点过于敷衍，但似乎倒是效率蛮高的。

他在一排排书架中逡巡查找着，手指上沾满了一本本书脊上积覆的灰尘，越找越有劲头，越找越有信心。他认定，他要找的那本书，肯定就在这些错乱的书架中的某一处。恍然间，自己仿如骑着高头大马的王子，杀过这些灰尘、时间和无视，拯救自己的公主于这乱世之中。他摇了摇头，不，公主没什么可救的，就拯救一下这本书。激昂强劲的进行曲莫名地在他的脑中响了起来，就连手指刮动书脊的动作都变得仿佛刺挑向敌人的长枪般充满力量。

就是因为他如此积极自信的情绪吧，在终于发现了那本书时，他一点都没有"哇，真的找到了"这样的兴奋和意外感，而是一种混杂了"让您久等了，救驾来迟"和"就知道你在这里"的满足感。

　　那本书，不胖，也不瘦，不高，也不矮，约有两百来页，塞在这家小城图书馆里倒数第三排标注着"军事类"（难道是因为作者参与过战争？这也太可笑了）的书架上，从上往下数第七层，中间靠右的位置上。淡蓝色的书皮，长久的灰尘眷顾让它全身上下都凝固着一种视觉上怪异的烟雾气。书脊靠上方五个黑色的宋体字标题——《如果一个人》。靠下方是作者的名号——孔尚。

　　在各种文献的犄角旮旯和网络的幽深琐碎处拼凑起来的关于这本书的信息，完全不及此时此刻它就在面前带来的冲击更加强烈。一切都如想象中一样平实而完美。它的装帧既不花哨也不复杂，近乎简陋的装订和设计与它此刻的境遇相呼应。

　　他在这本书面前站了片刻，闭上眼睛，又张开，似乎在完成某种仪式。随后他从自己的裤兜里掏出了一副白手套，戴好后，将书小心翼翼地从书架上一点一点地抽取下来。

将书递给图书管理员的那一瞬，他的心被好几种情绪给同时拽住了：自己会不会马上就要被识破了（总是时不时会碰上这样的事，那可棘手了）；这位不像话的从不打理书架的管理员大爷怎么能一边揩着鼻涕一边就拿起书来；大爷会不会在检索系统时发现这书是孤本书然后决定不外借了；要是出现意外自己是该抓起书来拔腿就跑还是尽量斯文努力跟他们讲讲道理……

就在他思索着这些时，管理员大爷弹掉鼻屎，抓起书来，书名看都没看，"哔"地一下扫描了他递过来的借书卡，接着啪啪啪地在系统里输入了几个不明字符，就将借书卡和书一起丢还给了他。

这都什么嘛。借书卡上的这张脸，根本就跟自己的脸差了十万八千里啊。他用戴着白手套的双手拾起了书和借书卡，向图书馆门外走去。不知道是不是因为太过轻易地达成目标，反而让他产生了些许失落。

图书馆门外，借书卡上印着的那张脸上，堆满了不耐烦和愤怒。看到他走出门来，这张不耐烦的脸立刻用当地话冲他大声嚷嚷起来。

"唉唉唉，讲好一刻钟的嘛，看看看看现在多长时间了！两个多小时了！你什么意思嘛你！里头又么得大保健你搞这久！"

他端详着这张脸。真的跟自己太不一样了啊。过分地圆，过分地大，自己两个半的脑壳拼起来才能有这样的宽幅吧。

他心不在焉地讲了几句抱歉的话，掏出比之前讲好的价钱还要多出 50% 的钱来递给借书卡上的大圆脸，对方的嘴果然马上就像安上了消音器，在接过钱和借书卡后转身就走，似乎是怕他过会儿就要反悔。

要是知道了他会愿意为得到这本书而付出多少代价，恐怕要反悔的人应该是大圆脸才对吧。

他以前也曾经遇到过无论如何找不到一本书，只能选择盗取图书馆里孤本的情况。只要决心够大，脸皮够厚，偷偷找到个监控拍摄不到的死角把书藏进衣服里并不是件难事。但很快他就放弃了如此直接地盗取。技术含量太低了，太不体面了。这让他感到自己得到的书上都蒙上一层不那么体面的负担。于是他想到了租借他人的借书卡，借出书后上报丢失。上报丢失，不过就是赔付原书六到十倍的钱数而已，却能够就此便拥有他苦求不得的藏书。与他对那些藏书的心心念念相比，这些钱简直就是不值一提。

当然了，这样的方法也不能说就有多么体面了，但在他心里总好过于直接地盗取。何况，他寻求的这些书，都是极不引人注意的，冷门到南极的，恐怕除了他以外，在这个世界上再也无人在意。与其让它们日复一日地躺在书架上充当静态吸尘器，当然不如通过他的呵护和爱意重获生命。

坐在回程的火车上，他克制不住一次又一次将书从自己特制的防水防潮袋里取出来，摩挲着书皮封面，掀开来闻一闻书页内掺杂着浓烈土腥气的油墨香，再一次又一次地将书放回到袋子里。他告诫自己要隐忍，不要现在就迫不及待地翻看起来。火车，简直就是书籍恐怖的污染重灾区。台桌上充满腥气的泡面盒，摇摇晃晃的茶水杯，小孩子的零食和四处乱喷的口水，身边乘客吃饭喷溅出来的酱汁……任何一种都可能成为珍藏书的杀手。

如果一个人。多好的名字啊。如果一个人。仅仅是这个名字就能勾唤起人的很多情绪呢。真是难以想象，作者孔尚是一个生活在其他所有人都在描写战斗情绪和乡村题材那年代里的人。恐怕这个孔尚，也是因此而销偃文海吧。

简直是来自另一个次元里的人，死去后，又回到那另外一个次元里面去了。只留下了这一本书，作为他曾经存在过的证据。

他为了找到这本书已经忙乎了整整半年。第一次看到孔尚和他这本书的名字，是在另外一本他收藏的冷门书籍某一页的脚注中。这本书的名字，和作者孔尚简单几个字的介绍，立刻就像八爪鱼的吸盘一样粘上了他。他开始借助网络和书库检索寻找孔尚的踪影，能够找得到的都是些破碎不堪的信息，只字片语和再简单不过的介绍。借助这些信息，他只能勉强拼凑出一个残缺的轮廓。而孔尚唯一出版过的这本书，则完全探寻不到踪影。

强烈的好奇和求而不得的焦渴，交错着折磨着他。只要停下手头不得不做的工作，他就会被这些情绪反复占领。曾经也有过一些时刻，当他特别渴望一件藏品时，他也曾被类似的感觉侵入过，却从不曾如此强烈，如此持久，又如此搅和着个人情绪。到底是什么拉扯住了他呢。也许是孔尚在他幻想中不断强化起来的孤寂身影。也许是简短的书籍介绍中写到这本书描述的是一个人的自我搏斗。也许只是因为他想要，却还没有得到。

直到几天前，晚上洗澡时，他的头顶被不断浇出来的水柱拍打按摩着时，他猛然想到。孔尚出生的那个西部小城，会不会曾经收录过他的书呢。那个年代出书并非易事，尤其是这样的小城中，不管作家最终出名与否，应该是有可能被当地图书馆收藏的。

这突如其来的灵感让他瞬间燥热起来，他甚至没来得及把头顶的洗发水完全洗干净，就围上了浴巾冲到电脑前面去搜索。当他找到了这座离自己六个小时车程的西部小城那简陋到只有一张背景图一个搜索框的图书馆主页后，颤抖着打下孔尚的名字时，他有一种预感：自己这个系列的收藏里要加上重要的一笔了。

搜索框抖动了半晌，出现了一条藏书信息。他软趴趴地瘫坐在椅子上，含着泡沫的水珠从发丝间滚落到他的鼻梁上。要知道一个好的收藏家，肯定同时也是一个好侦探。

不能再总是取出书来看了，他警告自己。火车座席自己斜对面坐着的大姐，已经用很奇怪的眼神盯着他看了半天了。自己再这样克制不住的话，可能会有比泡面汤、茶水渍和小孩口水更可怕的事情出现吧。

他把手上一直戴着的白手套摘了下来，叠了叠，塞进背包里。两只手被手套捂渍出的汗液浸泡得又白又胀。他悄悄地把手缩到台面下方，在自己的裤子上轻轻蹭干。

还有五个多小时的车程呢，他得强迫自己转移一下注意力。他发现自己正对面坐着的年轻小伙子，正伏在台桌上写着什么。年轻小伙子穿着黑色跨栏背心，黝黑的肩膀和双臂，竟然跟背心带子的黑色分不出彼此来。小伙子一边在一张纸条上写写画画，一边在嘴里低声地念念有词。他听了一会儿，看出来这个小伙子应该在计算自己的收入和花销，那张纸片儿的背面，是他从银行打出来的对账单。

观察了小伙子一会儿，他的思绪又忍不住绕回到了自己的收藏上来。《如果一个人》。孔尚著。这本书将纳入他最为心爱的收藏系列中，甚至可能成为这个系列里他最为喜爱的藏品，之一（暂且还是加上"之一"吧，他的人生还有很长，谁知道后面还会发生什么呢）。毕竟，之前自己被它折磨了那么久。有点像爱情吧，有时候都分不清爱的是那个人还是那被反复折磨的感觉。他摇了摇头。不，注定比爱情更深刻、更高明，也更纯净。

这个他最为心爱的收藏系列，叫作"一生只出过一本书的作家"。在他原本不算大的家里，这个系列从最初的几本，逐渐扩充到现在占据满了整整一面墙之多。听听这个系列的名字就知道了，纳入进这个系列里的作家和书，全部都冷门到南极。他们大多数人的名字，都不曾出现在读者眼前，就连专门研究文学的学者，恐怕也没有人会去研究这些冷门的无名作家。有什么意义呢。用一位他曾非常崇拜过的文学教授在演讲时说过的话来形容：时间是最好的过滤器，杂质和沙子被一一滤掉，留下来的便是金子了。从学者们的视角来看，他收藏的这些一生只出过一本书的作家，就是被过滤掉的杂质和沙子了。

他无法接受这样的判断。他也承认，自己那多达一面墙的藏书里，为数不少的书确实内容过于一般了，不论是在现在看来，抑或在当时看来。然而还是有很多的书，却闪烁着惊人烁目的光彩，超越时代的卓越思想，令他每每读起都能感觉到自己的身体在为它们止不住地颤抖着。这些薄福的作家们，不过是缺少了一点点运气。

不是生不逢时，就是时运不济。却因此就成了杂质和沙子吗。他无法接受这样的判断。如果这样说来，我们都不过是杂质和沙子而已。这一整座车厢的杂质和沙子，坐着火车，从一座沙之城，摇摇晃晃地驶向另一座更加庞大的沙之都。所经之处，皆为沙地荒野。

坐在他对面的黝黑小伙子似乎终于算完了。小伙子嘟囔着嘴巴，眉毛和眉心缠在一起，看来对于自己计算的结果不太满意。小伙子将纸片翻过来背过去又看了两遍，有些恼火地将纸片儿捏做一团，丢到了车厢地上，然后站起身来向车厢连接处走去，大概是想去吸支烟。

他左右打量着座位两侧，并无人特别在留意他。他不动声色地伸出左脚，用脚尖将小伙子丢在地上的纸片儿勾到了自己脚下。随后装作系鞋带，俯身下去将纸片儿收在手心里，又紧了紧并不松垮的鞋带。直起身子后，他发现斜对面的大姐又在用那种打量变态的眼神扫着自己。他装作没有看到，把眼神挪向车外。

就快到家了。就快了。就快可以安心地将这本书送入"一生只出过一本书的作家"收藏系列了。想想就让人感到欢欣鼓舞啊。

尽管这个收藏系列，仅仅是他庞大的收藏阵营中，藏品数量最少，也相对最为"普通"的一个系列，却经常给他带来最强烈的快乐和满足。他看着车窗外不断掠过的沙地尴尬地笑了笑。难道是因为，自己归根到底还是最热爱文学的吗。

钥匙转了两圈半，房门掀开，一股塞满了各种未经分类的食物一起发酵过后的冰箱门拉开的气味扑面而来。他深深吸了两口，这是家的味道。他走进屋里，把门带好。

父母留给他的这间两房一厅小公寓，就是他在这座沙之都中建立起来的堡垒。虽然因堆积满各类藏品而在视觉上显得狭小局促，却是他无比坚固的堡垒，据此便可抵挡住一切。

进门处是一只顶到房顶的高得出奇的特制鞋柜。他可不是一个买鞋狂人，鞋柜里只有最低处的一层是摆放他自己要穿的鞋，其他都用来放置他收藏的鞋子。他收藏的鞋子有两类。一类是他在街头上捡到的，被遗弃下或丢失的只剩下一只的鞋。如果留心观察的话，你绝对会惊讶于有多少鞋子被孤零零地遗弃在街头，每一只都讲述着某个离别的故事。它们再也找不到跟自己配对的另一半了。另一类是制造出来时就不是为了给人穿的鞋子。它们有的镶着三寸长的锋利钉子，有的缀满了重达几十公斤的铁环，有的在鞋底缝满了坚硬的金线，有的一碰就会发出刺耳的蜂鸣。

鞋架旁立着八个大型的铁柜，基本上占据了整个客厅的空间，仅留下一条通道供他穿梭进入里面的房间。每个铁柜都是他特别定制的，由地顶天，隔水防潮防热，铁柜按照他的藏品内容进行分类，大的分类下面又延伸出小的分类，小的分类下面还有扩充的支线纲目。因此，铁柜打开里面是铁架子，架子上分着铁格子，格子里摆着铁盒子，盒子里面还套着更小的盒子。每个盒子、每个格子、每个架子和每只铁柜上都有纸板写好的索引目录，纸板目录外套着塑料膜，用铁框子分别固定好。

客厅里摆放的藏品，都是具有固定形态的物品。猫咪意外脱落的胡须，大言不惭丑到惊人的书籍腰封，被人遗弃的玩具公仔残肢，宠物医院随意丢到垃圾箱里的猫狗生殖器和脏器，撕成两截或撕得近乎粉碎的情书，陌生人咧着嘴打呵欠的照片，从未能够寄到地方的明信片……凡此种种，只要是能够引发起他兴趣的，都收纳其中，他还在不断对收藏的品类进行着扩充。

他脱掉鞋子，在鞋柜中摆放好，光着双脚悄悄地走进里屋，蹑手蹑脚的样子，像是担心惊扰到休憩在铁柜中的精灵。

里面的两间房，其中一间原本是充作他的书房，现在也已摆满了架子。这间房里的架子不是铁制的，而是木质的，而且每一排的间隔都相距较小。这是一间用来盛放声音的屋子。所以架子上摆放的，是磁带、迷你磁带、MD 盘、CD 光盘、黑胶碟片和 SD 数据卡。房间最靠里面的地板上，则放置着一整套能够播放以上声音载体的音响设备：卡带随身听、收音机、MD 机、CD 机、黑胶唱机、数码播放器以及两只功放喇叭。

木质架子跟客厅的铁柜，同样进行了分门别类的划分以及纸板目录，记录着他在各种地方收集而来的声音：地铁中素不相识的人们的争吵，公共场合某些奇响无比的放屁声，苍蝇饭馆里醉酒的人吹的牛，隔音极差的地下室里的人们的对话，建筑工地轰鸣的挖掘作业，飞机火车上小孩子的尖叫哭喊，宾馆隔壁房间男男女女的呻吟，失魂落魄的街头痛哭，医院里亲人间激烈的争吵……

除了他自己收录的声音外，这间房里也收藏了一些音乐。比如，他比较喜欢的一个系列——"一生只出过一本书的作家"的音乐类姊妹藏系——"一生只出过一张唱片的音乐家"。同样冷门到南极的选择，以黑胶唱片和磁带为主，一一摆好插在唱片架上。

他轻声走进了另外一间屋子里。相比起这套公寓内的其他空间而言，这间屋子算是最为宽敞的了（现在就连卫生间和厨房中都堆满了他尚未来得及进行归类的各种大大小小的盒子）。这间屋子里只有一张书桌，一把椅子，一张床，此外就是立在书桌旁边的书架。那只陈列着他的"一生只出过一本书的作家"藏品的书架。

他把背包摘下来，稳稳地放好在书桌上。现在还不是整理今天收获猎物的时刻，他要先洗个澡。

洗澡前他忽然想起了什么。他走回到卧室，从书桌上的背包里，翻出一张揉皱了的纸条儿。沿着纸条被捏皱的方向，他慢慢地一块一块地将被摩擦力黏着在一起的纸片儿剥离开彼此，逐渐把它展平开。皱成一团的纸心上，写着一团难以辨认的数字。这一团数字的腿脚都浓黑粗壮，跟写下它们的黝黑肩膀小伙子简直一样。纸片儿的另一面，是一张当前余额是两位数的银行对账单。

他对着这张纸片又坐了一会儿。纸片儿已经平展得不能更平了。他揪住纸片儿的一角，把它拎到空中，然后放到两手之间捧住，向客厅走过去。他站在客厅的几只铁柜子之间思考了下，打开其中一只靠墙的铁柜，找到"新开启"一格。格子里并排放着两只稍大的铁盒子。他轻轻地将纸片儿依着格子放好，打开其中一只铁盒子，从里面取出了一本 A4 大小的收藏簿，把纸片儿嵌进了收藏簿里面。

不知是那个黝黑肩膀的小伙子蹙眉计算的神态刺激了他的想象，还是这些被写下其实非常简单的加减计算方程式又被揉烂的纸片儿本身引发了他的兴趣，总之，他打算开启一个新的收藏系列。

他一边洗澡一边思索着，这个系列收藏的内容应该限定为什么呢？被揉烂后丢弃的银行对账单吗？不，这样太轻易了，每个银行门口的垃圾堆都能找到一大堆。何况，最吸引自己的部分也不是这个。嗯，应该设定为，被人在上面写过字算过数，而后被揉烂丢弃的银行对账单。虽然这样限定，可被收藏的范围就一下子缩小了很多，但被收藏的价值和乐趣却从而大大提升了。对，就先这样限定吧。

他抹干身上的水珠儿，裸着身子赤着脚，头顶上雾气蒸腾地走回到卧室中。他坐在书桌旁，等身上的热气散尽，否则蒸气会影响到书的干燥性。这些在昏天暗日的书架上蹲了不知道多少个年头，长期失去人的体温、手指的抚弄和各种污染源的书籍，实际上大多数品相保存得还非常好。但他是个事事小心的人，不想冒险。他随手翻看些其他的书，干点杂事，一直等到自己的身体也干燥冰冷得仿如那本书一样了，才从背包里掏出自己的白手套，戴好，将那本书取出来捧在手上。

整个世界，只有赤裸着的他，跟手上的这本书存在着了。其他的一切，都被抵挡在他的堡垒之外。他并不是只想占有这本书，他要真正拥有这本书。对于一本书而言，真正地拥有，唯有通过阅读完成。所以，他不会把玩一番后就将书供之高阁，他要清晰地，干净地，彻底地，反复地，阅读并拥有它。

《如果一个人》。孔尚。他的目光长久地停留在这两个字上面。孔尚。孔尚。现在已经没有任何详细的关于你的资料能被查询到了，孔尚。你知道吗。你在意吗。恐怕这世上只有我，只有我手上捧着的你的这本书，知道你存在过了，孔尚。你知道吗。你在意吗。也许你并不会在意吧。也完全不会想到，多年以后一个与你并无半丝瓜葛的年轻人为什么会比你自己还在意吧。

孔尚，生于 1903 年 11 月 1 日，写作诗歌及小说，其妻于北伐战争期间意外身亡，为纪念亡妻著长篇小说《如果一个人》。卒于 1936 年 4 月，时年 33 岁。

这就是在别人书中最最不起眼的脚注处关于你的全部介绍了，孔尚。算上标点符号也只有 72 个字符。这 72 个字符却自此整日跳跃在我的神经海中，八爪鱼般死死黏附着我。亡妻，乱世，战争，早逝，究竟是什么导致你最终销偃人世的呢。你在意吗。

他将书的封皮缓缓地抬起来。纸页之间发出微微的噼啪脆响。这响动让他感到一种激越的兴奋在体内奔流起来。扉页。空白页。版权页。目录。随后是猛然顶入他眼帘的正文。

"什么都有过了。是啊。我们什么都有过了。慑人的压迫的激越的刺激的。舒缓的安心的沉滞的危险的。什么都有过了。还有能够继续注入新的可能的信心。

费思量。不尽然。欲迂缱绻。又一山。

望过了又望去的浮影千帆。你手牵一匹白马驻停在云雾之间。抬手，五指触及时间。我能给你最好的东西，不是世界上已有的任何事物。而是一个你。

缝起刀剑。撩出羽翅。目穷千里之远。

告诉我。呼唤我。对我说。骑着那匹马走向我。

但不必说出口。不要发出声。不需用语言。看着那马知道那就是我。

你我所需，所有，所共存，便是那五指伸出后，碰触到的时间……"

作家诗行般的语言灌注进他的身体内。他的头顶长出鬃毛，四肢伸展形为马蹄，抬头仰目即可长啸。孔尚啊孔尚，一切都是值得的。杀过这些灰尘、时间和无视，一切都是值得的。

巨大狂博的欣喜层层包裹着赤裸冰凉的他。这欣喜无任何东西可取代。因为他知道，这是他与孔尚之间，世上独此一份的相聚。

他不会跟同事谈及自己的收藏。倒也不是担心看到其他人用看着变态的目光盯着自己或三三两两聚在一边指点着自己窃窃私语——这样的情况已经发生过很多次了。他的收藏，是他的世界，他的生活，他的堡垒。而这份工作，不过是衣食之需，或说，是稳固他堡垒的一些边角料。他把这分得很开。他必须把这分得很开。

因此，即便周末花费了大量时间在火车上辗转于两个城市，又彻夜不眠地阅读得来不易的那本书，他的疲惫积蓄到了一定的程度，周一的早上他还是努力打起精神来按时去往公司。身体是疲惫的，但他的精神却充盈满了力量。隐秘的快乐和满足感，无人有资格分享的独特世界。

如果了解到他是一位如何奇特的收藏家，人们可能会对于他在一家国有能源公司中从事着乏味的行政工作而感到一定的不解。他就是喜欢这样单调乏味的工作。看起来娘气十足的行政工作，是让一家公司在纷繁的无序中创造出合理秩序的关键呢。小到每个月预订了多少文件夹每个文件夹具体发放到哪里，每个人的办公桌如何分配，大到公司奖惩制度如何设立，每年的年会该去哪里办请什么级别的嘉宾……很多人以为决定一家公司能否发展得长远平顺的是产品利润，其实，决定的因素不过是所有这些琐碎的细节。

细节。正是细节，让他感觉到公司这个冰冷属性的结构机器产生出了一些具象的温度，令人厌烦的程度有所降低。

他走到自己的工位上坐好。异常整洁的桌面上并没有什么多余的杂物，他每天下班前都会整理一番再离开，每个周五的晚上则要进行大清理。但他还是习惯性地逐一打开所有的抽屉，按照内心的节奏和顺序，将所有物品和文件矫正位置，重新规整一遍。

不时有同事经过他的工位，会客气地跟他打招呼，他也会微笑着抬头起来回应。这些小小的打扰不会让他太烦心，他将这些视为必要的间隔，可以防止自己过于沉浸于自我秩序之中。毕竟，这里不是自己的堡垒。

人力资源部的 C 君走过他的工位，人还没有到，C 君身上强烈的古龙水味道已经冲进了他的鼻腔中。

他曾经尝试过想要收藏气味。

气味实在是令人着迷的存在。无影无形，没有色彩更没有重量，却能够含纳住各种复杂的体验，更重要的，是能够含纳住记忆。每个人身上都有独属于自己的特殊的气味，更有趣的是，随着相互之间的交错，产生某些联系，又可以共同创造出新的气味来。如果气味能够被收藏，该是多么令人狂喜的事情啊。他试过用瓶子，密封罐，用海绵，用树脂，用各种纺织物，但是都没法长久地保留住气味。而最让他纠结的，则是就算可以在一定时间内留存住某种气味，这样的收藏仍然注定无法反复欣赏。一旦打开了密封住的装置，气味就会迅速散失，基本上只能够回味一次而已，最终还是会失去。于是他彻底放弃了收藏气味的计划。不能进行反复欣赏的藏品，便是不属于他的，只属于那些盛放着它们的容器。

如果他真的有了关于气味的收藏，C君的气味应该会被他放置于"令人闻见就感到厌恶"的收藏系列中吧。

C君穿戴着一身叫人不快的气味远远走来，路过他的工位时，意味深长地放慢了速度，似乎在故意窥看他收整书桌的动作。他下意识地停下了自己的动作，却因此显得愈发生硬，双手僵直地摆在书桌上像是两支多脚圆规。C君盯着他，他也盯着C君，两人就这样在彼此的注目礼中交错而过，算是道过"早上好"了。C君看他的眼光，并没有什么恶意，倒是充满了看起来发自内心的同情。让他感到厌恶的，也就是这发自内心的同情吧。

原本可以不必搞成这样的。真是令人遗憾的结局。不过他认为应该由自己来承担这件事的主要责任。C君曾是他在公司中最聊得来的同事，因为用C君的话来说，"两个人都是收藏发烧友"啊。他是在一次茶歇中偶然提及自己也会做一些"小小的收藏"的。当时如此说出口的原因比较复杂，说是一瞬间就涌上头顶的虚荣心，抑或心门不小心被撬动了一下以为可以找到能够交流的朋友，都不算是十分贴合的理由，但却又都掺杂了一些。总之，在茶歇时听到C君滔滔不绝地讲起自己多么多么厉害的收藏时，他的嘴巴里轻声溜出了这样一句，"我偶尔也会做些小小的收藏"。

话一出口，后面发生的事情就像所有看起来能够避免实则无处可避的事件一样，滚雪球一样碾压过来了。先是两人开始在每日茶歇时越聊越多越聊越相认恨晚，接着是 C 君盛情邀请他去 C 君家里品鉴藏品。实际上发展到这一步时，他仍是有能力适时停止的。因为他心里很清楚，如果自己接受了这样的邀请，就意味着再下一步的发展便是自己必须以同样的邀请作为回报。回应 C 君的邀请时，他在某种程度上主动封闭上了自己的判断。一种从未有过的冲动如小虫子般咬啮撺掇着他。他有些渴望有人能够进入自己的堡垒中，哪怕只是作为过客，分享那么一点点自己在那个世界中创造出来的荣光。哪怕那么一点点。

C 君的收藏实在是乏善可陈。无非是男人们所钟爱的那些纯粹物质的此外毫无意义毫无质感的物品。镶满了各式宝钻和贝类的领带夹和袖扣，一些限量版的特制烟盒，几箱国内见不到只能在国外某些特定地点可以买到的雪茄，还有几只算不上非常名贵的腕表。他几乎是看在过去一段时间里两个人交情的份上才积攒起耐心一一看完这些藏品，但还是露出了些心不在焉的马脚。C 君对于他的反应明显感到不悦，当即提出要到他的家里也去观摩一下他的藏品，言下之意就是，既然你对我的收藏如此态度轻慢，看来就是你的收藏更牛咯，那就拿出来遛一遛啊。

他没有推却几个回合便答应带 C 君去自己的家里看看。这毕竟是他早就想到了，也暗自有那么一丝期待的。

一进到他的家里，C 君就呆住到几乎除了点头和嗯嗯啊啊之外做不出什么多余反应的状态。反倒是他，在最初几分钟的尴尬后，变得激昂而喋喋不休起来，拉着 C 君穿梭在不大的房间里，一项项地介绍着自己的珍奇收藏。神奇的是，他感觉到自己还在说着话的当刻，自己的魂灵便已抽离出了身体，挂在屋子当中的天花板上，冷冷地俯视着过度兴奋的自己的肉体。那个在不停向他人介绍着自己世上独一无二收藏的人，并不是自己。而是一个泄露了自己生命中最重要的事物的蠢货。他已经无力去阻止这个蠢货的行径了。只能这样飘在天花板上，冷冷地看着他。

那一天 C 君是何时，是怎样，离开这间公寓的，他已经不记得了。他只记得，自己在接近午夜时，才从之前的亢奋中恢复过来。似乎那飘在天花板上的魂灵终于又舍得回归到身体中来了。懊悔吗，谈不上。终于满足了吗，不管是那可怜的虚荣心，还是那更可怜的企图得到理解的心。似乎也谈不上。也是那一刻，他明白了，所有的满足，终究无法在其他任何人身上得到。唯有靠自己。

跟他在午夜魂归时已想象到的情况差不多。第二日，还未挨到茶歇这个大家可以集体交换八卦的时刻，关于他是个变态物品收藏癖患者的流言已经借由各类聊天软件传遍了整间公司。传说中，他的藏品里不仅有大量女性的阴毛（阴毛的来路不明，大家估计这样的变态是很难真的有女人愿意跟他上床的，很可能是他偷偷跑到女卫生间里搜集而来），古老墓穴盗挖出的人骨碎片，苗族巫师专用的下蛊用品，甚至还有几个大瓶子里用福尔马林泡着的硕大完整的男性阳具（IT部门的一位同事信誓旦旦地声称在后台数据中可以看到他经常搜索变性整形医院是否能够黑市出售被割下来的阳具）。

他并没有就以上任何传闻进行解释。在那个魂灵回到他身体内的午夜他似乎就已经想明白了所有的问题。当然，他的情绪还是偶尔会被这些流言和同事们的指指点点所困扰，但是同时，他的堡垒却不同于以往地愈发坚固了起来。坚固到无可摧毁。

这个世界啊，就是如此地无序、混乱，而且无趣。

有趣的人和事，总是在被无情地压榨着。他可不打算为自己不是一个无趣的人而感到抱歉。

令人感到不快的C君古龙水味渐渐散开掉，并很快被旁边工位刚刚坐下来的女同事身上更加浓烈的香水味取代。他又花了些时间继续整理自己的书桌，然后开始今天的工作。为这个庞大无序的公司，制造些许令人安心的秩序出来。他把这分得很开。这毕竟不是他的生活。

他的生活，在九个小时之后方告开始。

作为一个从小就无法忍受自己有"浪费人生"念头或行为的人，他给自己制定了一个严格的规定。每天（一天都不能缺少的，真正意义上的每一天）都要为自己的收藏增加些什么。不管增加什么都行，总之是要增加些什么。哪怕是周末两天刚刚到手了这么一项重大的藏品（这两天孔尚书里的字句时时回旋在他的头脑里，他几乎怀疑自己要幻视幻听了），他也不愿给自己的规定打什么折扣。因此，下班后，他在公司楼下随意吃了口食物，便又走到街上寻找今天的藏品。

在工作日里，他的收藏活动开展得相对比较松散。

大多数时间他就是不设定预期目标地搭搭地铁公交，在街头漫步，遇到他已有的收藏中可以增补进去的，就增补进去，遇到他感兴趣的，就收集起来开启一个新的系列。方向性、目的性都很明确的收藏活动，他一般会放在周末两天进行。因为越是有明确方向的藏品，越是需要耗费更多的时间、精力和钱。

鉴于他在火车上拾到了那张写满了计算公式的对账单后打算开启一个新的系列，他忽然想到，也许今天可以到几家大的银行附近去转一转。虽然银行已经关门了，但是应该有不少上班族在这个时间才会去银行自助服务机去办理业务吧。想着这个，他穿过马路，向对面的街道走去。

这家银行的 24 小时营业自助服务机前面有些空落落的，没有如他所期待般挤满了办理业务的下班白领。看来还是时间不太对吗，又或者银行自助服务机实在是让人感到痛心的存在（无论是造型还是取款查款时的声音都叫人焦虑），因此办理完业务的人都会迅速躲开吗。

他放慢脚步，眼睛里伸出了一双探测器般在自助服务机四周的地面和垃圾桶里搜寻着。要是再夜深僻静些，他倒能够鼓足勇气来直接伸出手去扒拉一下可疑的垃圾桶，看看能否找到他想要收藏的那种在背面写满了字的银行对账单。但是现在傍晚的霞光仍挂在城市高楼之间，不仅没有黑夜的帮手遮掩，那在城市中最是温柔抚慰的霞光也叫他使不出伸手翻找垃圾的勇气。

当他探测器般的眼睛扫描到蹲坐在银行自助服务机旁的那个年轻女孩时，眼睛首先扫描到的是女孩的双脚，大概是因为他的眼神始终在贴着地面前进吧。紧接着扫描到的，是女孩垂在脚踝边上的银行对账单。他警惕地发现，那张银行对账单的背面手写着很多字符，远远看来似乎也不是计算方程式，而是某些文字。纸片儿松松垮垮地吊在女孩儿的手里，在软风的拂动下，看起来分分钟就要一头栽倒在地面上了。他踱着步子，想要找到一个方便藏身的地方，至少不要引起女孩的注意。待会儿等女孩儿把这张纸片儿丢掉，他就可以若无其事地走过去收集战利品了。

他摇摇晃晃地走到银行门前靠着马路的一根电线杆旁，用自己的视线调整了一下位置，站在从女孩的角度看起来自己刚好被电线杆挡住的位置上，随后身子轻轻倚靠在了电线杆上。他探测器般的眼睛从地面上抬升了起来，顺着女孩抓着银行对账单的手开始向上扫描。

女孩儿看起来像是泡在一瓶肥皂水里面。好长时间没有下雨了，城市正干燥得不行，她却整个人湿答答的。看着女孩显然异常困扰的神情，和她在自己方圆一米内制造出来的气场，他只能想到这一个形容，就是女孩儿整个人都湿答答的。沉郁得随时可能流出水来，身体被某种东西满满当当地浸泡着，充满了水汽的重量，头顶上冒着肥皂泡。

这座城市，就是有这样的本事吧。能把人泡得软呲呲的，头顶上还不停冒着肥皂泡。

几乎就在猝不及防的一瞬间，女孩儿身边的肥皂水瓶里冲进去了一个人。女孩儿，还有观察着女孩儿的他，都被猛地吓了一跳。是个男人，个头不高，尽管长着一张看了还算叫人放心的宽厚脸，但走路的速度出奇轻快，像是飘浮在地面上前进似的。

肥皂泡女孩显然并不认识这个飘浮男，她一脸惊恐地问着飘浮男什么，身体也马上紧张了起来，没有那么软呲呲的了。飘浮男却一屁股坐到了女孩身旁的地上，一副不请自来的架势。

他立刻把手伸进了自己的背包里面。他的背包里常年备着那么几样东西。迷你卡带录音机（尽管现在手机都可以录音，但他仍痴迷于磁带不时蹦出杂噪音的声音质感），防水防潮袋，保鲜膜，便携型医用镊子，一把折叠起来仅有半张巴掌大但相当锋利的微型军刀，一瓶强力辣椒水。不用说，前面几样是为了随时收集藏品，而后面两样是为了必要的防身。对于时不时就有可能被人误认为是变态的人来说，似乎被认为是变态的人远没有激动起来的对方要可怕吧。

水果刀和辣椒水他几乎从来没有真的使用过，虽然也亮出来过几次，但不必真的做出什么举动，对方基本上都会放弃继续攻击他转而大喊着"变态杀人啦"抱头而逃。他紧张地在背包里摸索着，在摸到了水果刀后犹豫了一阵，心里迅速评估了下飘浮男的身高体重跟自己的对比后，放弃了水果刀抓住了辣椒水。他在电线杆的掩护下，手里攥紧着辣椒水，心跳飞快地监视着飘浮男的行动。

飘浮男喋喋不休地跟肥皂泡女在说着些什么，脸上的表情时而严肃时而顽皮，动不动就咧开嘴巴，脸上的五官皱缩在一起，神奇的是飘浮男咧开嘴后你很难判断他是准备要哭还是要笑。在飘浮男的脸上，这两个表情几乎是可以统一为一体的。

让他感到疑惑的是，肥皂泡女在非常短的时间内（他觉得应该还不到五分钟），就放松了自己的警惕，也连带着放松了自己的身体，恢复到之前软炻炻的状态中了。难道他们其实还是认识的，只不过飘浮男飘浮过来的时候太过诡异，一时让肥皂泡女紧张了而已。但是看着实在不像啊，两个人并排坐在一起的样子，吊诡得既像是完全陌生的人，又像是熟悉的朋友。

就在他仍困惑着的时候，飘浮男在一次略微过分夸张地咧开嘴巴后，竟放声大哭了起来。飘浮男难听得像是交配中的种猪似的哭声极具魔性的感染力，听到哭声后不到五秒钟，肥皂泡女也立刻号啕大哭起来。

他躲在电线杆后，完全被两人这不知所谓的一幕给震慑住了。两个人足足哭了有十几分钟。起初是飘浮男哭得更投入一些，不时握拳拍打自己的前胸，让哭出来的声音都包裹着颤音。到后面，局面就完全被肥皂泡女掌控住了。她尖厉的哭声像防空警报一般响亮而具有穿透力，吸引了整条街的注目礼。哭到动情处，肥皂泡女的身体前仰后合地有节奏摆动着，并很快顺势倒在了地面上，擀面杖似的前后滚动了几番。

辣椒水从他手里松脱出来，无声地滚回到了他的背包深处。

十余分钟后，两个人像是哭够了。飘浮男转过头看着肥皂泡女，嘴巴再次咧开。这回，飘浮男是笑了。肥皂泡女也跟着笑了起来。

他看着肥皂泡女。此时的肥皂泡女，重新变得干燥了起来。可能是那些她身体内过分堆积的水分，刚刚已经都随着眼泪和哭声一起排出了她的身体之外了吧。

飘浮男和肥皂泡女又交谈了一阵儿，但明显此时的交谈缺少了某种之前紧紧联系着他们彼此的张力。所以交谈没有延沓太久便告结束，肥皂泡女先行起身，挥了挥手打算向飘浮男告别。这时飘浮男不知道又跟她说了些什么，肥皂泡女犹豫了一下，还是点头答应了。飘浮男从裤兜里掏出自己的手机，伸到两个人面前，"咔擦"一下，拍了一张两个人的自拍合影。重新变得干燥了的肥皂泡女再次挥手向飘浮男告别，身形轻快地走掉了。

那张早就被肥皂泡女丢在地上的纸片儿，再也无法吸引他的注意力了。他没有走过去把纸片儿拾起来，纳入自己的收藏。此时他也没法做任何行动。他只是呆呆地看着仍坐在银行自助服务机旁边地面上的飘浮男，不知道过去半小时里到底发生了什么。

这让他，从一个窥探者，暴露成了被窥探者，而他尚毫无知觉。

然而当飘浮男站起身，径直向着他走过来时，他并没有感到震惊，反而觉得正常。似乎过去的半个多小时里，那潮乎乎的空间与时间，本来就是由他们三个人共同建造并度过的。

"这位朋友，你好像盯着我们看了老半天了，怎么样，是不是有一种强烈地想要释放自己的感觉？"飘浮男咧开嘴巴。他仍无法判断这表情接下来是想要哭，还是想要笑。

"不要紧的，朋友，最开始我也感觉在大街上哭哭号号的很不像话，都多大人了，又不是三岁的小孩子了，对不对？但是你看，问题就在于此——三岁小孩子确实不该在街上哭，倒是我们成年人，是应该的。我们才应该。"飘浮男说着，把手放在他的肩膀上压了压。并没有拍，是压了压。

"都市生活压力大啊，咱们都知道的。压力那么大，不好意思也不方便总是跟朋友家人哭诉，看心理医生又太贵，那像咱们这样的人可怎么办呢？"飘浮男提出问题后悬停了半天，似乎是想听他回答，停了一会儿见他没有要回答的意思，飘浮男就又自己说了开来，"像咱们这样的人，就得找到自己释放压力的方式啊！唱歌喝酒蹦迪撸串做大保健虽然也解压，但是太浪费钱了，自己一个人去做那样的事又会觉得更孤独吧……总之，有一次我按捺不住，就在大街上当众痛哭了一回，你猜怎么着？"飘浮男再次悬停了下来。

得到了前所未有的释放吧。他在心里回答着。

"我觉得太他妈的爽了。真的，太他妈的爽了。你像是自己一个人在痛哭，但又像是有无数的人在陪伴着你一起。虽然他们并不在意你——一点都不在意——但他们又都明白，因为他们都跟你一样。所以，他们也就都在这个时空中陪着你，跟你在一起大声地哭。你能明白吗？"

飘浮男咧开嘴，充满期待地望着他。

他点了点头。

"所以后来我再在街上看到一眼望去便是承受着压力和痛苦的人，我就过去鼓励他们试试这个法子。兄弟，我知道你一定觉得我是个神经病，但我真的不是。你试一下吧，只要试过一次，你就会明白我刚才说的意思。就试一次。"

他低头看着飘浮男，长着一副令人觉得放心的宽厚脸的飘浮男。这座城市中的所有声音，连同泡在肥皂泡中的湿答答的水汽，自身体里涌出，飘浮在他的眼前。

重新成为一个干燥的人的他，眼眶还残余着些许湿糯，失神地飘浮在街头上。身体里的重力不知道是不是也跟着眼泪一并被飘浮男给偷走了，他感觉自己每一步的行走虽然仍贴着地面进行，却没有任何重量。

唯一能将他的神智还绑缚在身体中的，是他左边裤袋里揣着的那只手机。他的左手正轻轻地捏着它。手机里瀑布洪流般数不清的数据中，刚刚又新增添了两项。一项是飘浮男跟他的大头自拍照。另一项是飘浮男的个人手机号码。

他不知道自己在清醒过来后，何时才会有勇气拨响飘浮男的电话。但这项数据只要存在着，就代表着一种敞开了的可能性。与飘浮男不同，他收藏的永远不会只是一段记忆，一张照片而已。他的收藏，是要真正地拥有。如果收藏的对象是人的话，那真正地拥有，就是进入到对方的生命中。不是一段记忆，不是一张照片，是要真正地拥有。

他知道这个时刻对于自己的重量。从此以后，他一生中最重要的收藏，将是人。那些与漂亮精致的生命相比过于怪异笨拙的人，那些从平滑的生活中凸起了一块尖角的人，那些斧凿刀锉也难以雕琢成精美器具的人，那些喘息在洼地与角落却拼了命爱着这个世界的人。将是人。

自己真是太笨了。真是，太笨了。他的大脑开始重新恢复运转后，能想到的第一件事就是这个。自己真是太笨了。

蠢蛋，在这个可爱又糟糕混乱又无序的世界上，最有趣的，始终是人啊。最有价值的，也是人啊。相比起人存在着所带来的各种可能性来说，自己看重的那些物体，只不过是寄存着人的温度所残留下来的遗骸而已啊。是对人的失望，让自己只看重物体，然而这种黑洞一般的失望凭靠着物体，却永远都弥合不上。唯一能够弥合上它的，只有人。

想到这里，刹那间又有源源不断的水汽自他的身体中涌上了头顶。原本身体内的水分应当在刚才就被排泄干净了啊，这又都是从哪里来的。水汽蒸腾着他发红发烫的双眼，浸泡着他冒出尖锐发茬儿的头皮。反复变形的城市万物悬浮起在他的眼眶中。最后一丝维系着他跟地球之间关系的重力被抽出，他双脚离地，飘浮升空。

自己真是太笨了。但是现在一切都将好起来了。俯视着网罗错综的大街小巷，兜兜转转的绕圈行人，他在水汽之中，越升越高。

2016.7 初稿

2017.8 改定

图书在版编目（CIP）数据

冒牌人生 / 陈思安著 . -- 成都：四川文艺出版社，
2019.3（2021.11 重印）
　ISBN 978-7-5411-5193-4

　Ⅰ . ①冒… Ⅱ . ①陈… Ⅲ . ①短篇小说—小说集—中
国—当代 Ⅳ . ① I247.7

中国版本图书馆 CIP 数据核字 (2019) 第 022844 号

MAOPAI RENSHENG
冒牌人生

陈思安 著

出 品 人	张庆宁
选题策划	后浪出版公司
出版统筹	吴兴元
编辑统筹	朱 岳　梅天明
责任编辑	程 川　周 轶
特约编辑	朱 岳　孙皖豫
装帧制造	墨白空间・韩凝
营销推广	ONEBOOK
责任校对	汪 平

出版发行	四川文艺出版社（成都市槐树街 2 号）
网　　址	www.scwys.com
电　　话	028-86259303（编辑部）
传　　真	028-86259306

印　　刷	嘉业印刷（天津）有限公司		
成品尺寸	143mm×210mm	开　本	32 开
印　　张	10.75	字　数	160 千字
版　　次	2019 年 3 月第一版	印　次	2021 年 11 月第二次印刷
书　　号	ISBN 978-7-5411-5193-4		
定　　价	45.00 元		